AL SOL DEL AMOR

ANNE MATHER

Editado por Harlequin Ibérica.
Una división de HarperCollins Ibérica, S.A.
Núñez de Balboa, 56
28001 Madrid

I.S.B.N.: 978-84-687-9952-0
Depósito legal: M-13041-2017
Impresión en CPI (Barcelona)
Fecha impresion para Argentina: 8.1.18
Distribuidor exclusivo para España: LOGISTA
Distribuidores para México: CODIPLYRSA y Despacho Flores
Distribuidores para Argentina: Interior, DGP, S.A. Alvarado 2118.
Cap. Fed./Buenos Aires y Gran Buenos Aires, VACCARO HNOS.

Capítulo 1

EL ESTABA de pie en el acantilado que se alzaba al final de la cala. ¿La estaba mirando? Lily no lo sabía. Pero no necesitaba de su intuición para darse cuenta de quién era. Dee-Dee se lo había dicho, de hecho la había advertido. Y Dee-Dee parecía saberlo todo. Dee-Dee también afirmaba que era vidente y nadie en la pequeña isla caribeña de Cayo Orquídea se lo discutiría. Y era cierto, la anciana había presagiado la enfermedad de la madre de Lily y el huracán de la última estación que a punto estuvo de destruir el puerto de la ciudad.

El padre de Lily no estaba de acuerdo con que Dee-Dee lo supiera todo. Consideraba las visiones de la señora de la limpieza de su casa como tonterías. Pero Lily suponía que al ser pastor anglicano no quería que lo relacionaran con la magia negra de donde, en su opinión, procedían las afirmaciones de Dee-Dee.

Sin embargo, en aquel momento Lily estaba menos preocupada por las capacidades de Dee-Dee que por su deseo de que aquel hombre se marchara. No le gustaba pensar que la vigilaba y volvió a preguntarse una vez más qué estaba haciendo en la isla.

Según Dee-Dee, se llamaba Raphael Oliveira y era de Nueva York. La anciana asistenta pensaba que había tenido problemas en la ciudad y que había comprado una de las propiedades más caras de la isla para escapar de la justicia.

Pero no siempre podía fiarse una de las especulaciones de Dee-Dee, y nadie sabía siquiera que la casa de Punta Orquídea estuviera en venta.

En cualquier caso, lo que Lily quería era que se diera la vuelta y se marchara. Aquel era el momento en el que ella solía darse su baño de la tarde, pero no tenía intención de quitarse la ropa delante de él... aunque estuviera a más de treinta metros de distancia.

Dobló la toalla en el brazo y se dirigió hacia la rectoría. Solo se permitió mirar de reojo hacia él cuando ya estaba casi en casa.

Y para su disgusto, descubrió que ya no estaba.

Una semana más tarde, Lily estaba sentada en su escritorio escribiendo en el ordenador los detalles de los fletados de la temporada anterior cuando alguien entró en la agencia.

Llevaba trabajando en Cartagena Charters desde que terminó la universidad en Florida. No era un trabajo particularmente exigente, pero Cayo Orquídea era una ciudad pequeña y no había muchos trabajos que su padre aprobara.

Su zona de trabajo estaba situada tras un biombo que separaba el mostrador de la oficina. Normalmente era su jefe, Ray Myers, quien se ocupaba de los clientes. Pero Ray estaba en Miami recogiendo una nueva goleta de dos mástiles. Le había dicho a Lily que seguramente no habría clientes nuevos hasta el fin de semana, pero ella era la que estaba oficialmente a cargo.

Lily suspiró, se levantó de la silla y rodeó el biombo de metacrilato para salir.

Había un hombre de pie dándole la espalda mirando por las ventanas de cristal hacia los mástiles de los veleros balanceándose en el puerto que quedaba atrás.

Era alto y de piel muy bronceada, con pelo largo y oscuro y anchos hombros embutidos en una chaqueta de cuero. Tenía los pulgares metidos en los bolsillos traseros de los ajustados vaqueros, lo que le acentuaba las estrechas caderas y las largas y fuertes piernas.

Lily tragó saliva. Supo quién era al instante; lo había presentido antes incluso de rodear el biombo y verle. Era el mismo hombre que la había observado una semana atrás desde el acantilado, el hombre sobre el que Dee-Dee le había advertido, asegurándole que sería peligroso conocerlo.

Él escuchó sus pasos y se dio la vuelta antes de que Lily tuviera la oportunidad de cambiar de expresión. Vio sus ojos oscuros, las largas pestañas y los pómulos altos, la nariz prominente y la boca delgada y al mismo tiempo sensual. No era guapo, pensó, pero resultaba absolutamente fascinante. Por primera vez se permitió pensar que Dee-Dee podía estar en lo cierto.

–Hola –dijo él con una voz tan rica y oscura como el café negro. Si la reconoció, no dio señales de ello–. ¿Está Myers?

Lily vaciló. Así que conocía a Ray. Aunque le habló en su idioma, tenía un acento poco marcado pero extranjero.

–Mm... el señor Myers no está aquí –dijo dándose cuenta de que estaba esperando una respuesta–. ¿Es usted amigo suyo?

Oliveira la miró como si dudara de la inocencia de aquella pregunta.

–No somos amigos –dijo finalmente–. Pero nos conocemos. Me llamo Rafe Oliveira. Creo que se acordará de mí.

Lily pensó que para ella resultaría absolutamente inolvidable, pero por supuesto, no dijo nada.

–Bueno, me temo que el señor Myers está en Miami en este momento –se dio cuenta entonces de que se le había salido la camiseta de los pantalones cortos al levantarse y añadió rápidamente–, ¿puedo ayudarlo en algo?

El hombre la miró y Lily fue consciente al instante de que el precario moño que se había hecho en el pelo aquella mañana había empezado a deshacerse y la melena le caía por las orejas. Además, se había maquillado poco ese día y seguramente tenía un aspecto acalorado.

¡Menuda imagen!

–Me temo que no – dijo Oliveira encogiéndose de hombros–. ¿Cuándo vuelve Myers?

Lily arqueó las cejas. Había vuelto a llamar a Ray «Myers», lo que no resultaba muy amistoso.

–Debería estar de vuelta pasado mañana. ¿Quiere que le deje algún mensaje?

–No hace falta –murmuró Oliveira–. Hablaré con él cuando vuelva.

Lily esperaba que se marchara entonces, pero él se dedicó a echar una ojeada al exhibidor de folletos y prospectos que anunciaban las muchas actividades disponibles para los visitantes: navegación, pesca, submarinismo...

Mientras pasaba los folletos con dedo distraído, Oliveira la miró de reojo.

–¿Disfrutó usted de su baño la otra tarde? –preguntó.

Lily se sonrojó. Por la actitud que había tenido hasta ahora, había empezado a creer que no la había reconocido desde tan lejos. Nunca pensó que comentaría el hecho de que la había visto ni que había adivinado lo que tenía pensado hacer antes de que él apareciera.

¿La habría visto en la playa con anterioridad?

Lily se humedeció los labios y dijo con tirantez:

—No sé de qué me habla —aseguró con tono seco y cortante—. ¿Desea algo más? Porque tengo trabajo que hacer.

Oliveira abandonó cualquier pretensión de estar mirando los folletos y se dirigió al mostrador, observándola con una mirada algo burlona.

—No era mi intención espiarte —afirmó ignorando el obvio deseo de Lily de que se fuera.

Ella entreabrió los ojos.

—¿Ha estado espiándome? —exclamó como si acabara de caer en la cuenta.

—Me vio en el acantilado la otra noche —aseguró Oliveira con firmeza—. Y yo la vi a usted. Todavía no he adquirido la capacidad de ir por la isla sin ser visto. Supongo que por eso cambió de opinión respecto a meterse en el agua. No soy ningún idiota, señorita... señorita Fielding, ¿verdad? —se encogió de hombros—. Su padre es el pastor de la localidad, ¿no?

Lily estaba atónita. No había pensado que pudiera saber su nombre. Pero le daba rabia que le importara. Maldición, no era el primer hombre que había mostrado interés por ella.

—De acuerdo —dijo pensando que no tenía sentido negarlo—. Sí le vi. Y entonces, como no veía razón para que se saliera con la suya, añadió—, ¿se llevó una decepción cuando cambié de idea?

Sabía que le había sorprendido. Qué diablos, se había sorprendido a sí misma. Nunca pensó que podría llegar a ser tan audaz.

Como era de esperar, Oliveira se recuperó antes. Pero eso era de esperar, pensó Lily con resentimiento. Seguramente se habría encontrado con todo tipo de provocaciones en sus... ¿cuántos? Seguramente casi cuarenta años.

–Sí –murmuró él finalmente con una débil sonrisa asomándole a los labios–. Pero la decepción fue por haber invadido tu intimidad –continuó tuteándola–. Había algo... hereje en la visión de ver a una joven comportándose de un modo tan temerario –arqueó una ceja–. ¿Me perdonas?

Lily tenía la boca seca.

–No creo –murmuró sin saber qué más decir.

Oliveira inclinó la cabeza antes de dirigirse hacia la puerta.

–No importa –dijo abriéndola y permitiendo que un poco de aire húmedo invadiera la sequedad del aire acondicionado de la oficina.

Luego se dio la vuelta y Lily se puso tensa, pero lo único que añadió fue:

–¿Te importaría decirle a Myers que he venido?

Capítulo 2

RAFE regresó conduciendo a Punta Orquídea maldiciendo el impulso que le había llevado a avergonzar a la joven.

Solo sabía quién era porque su cocinera hablaba del padre de la chica con mofa. Pero Luella, como la mayoría de los habitantes de la isla, fingían seguir las directrices de la iglesia anglicana mientras asistían en secreto a otro tipo de ceremonias religiosas al caer la noche.

Rafe torció el gesto, molesto consigo mismo por lanzarle el cebo. ¿Acaso no tenía ya su vida suficientes complicaciones? Una exmujer que insistía en acosarlo, una reputación en ruinas a pesar de que todos los cargos se habían retirado y la certeza de que vivir en Cayo Orquídea empezaría a aburrirle enseguida a menos que encontrara algo con lo que entretenerse.

Giró el Lexus por una curva cerrada en la que los hibiscos color escarlata le rozaron las ruedas, pero la mirada se le iba sin poder evitarlo a las aguas azul verdosas del mar y a la arena blanca bendecida por el sol tropical.

Aquello era hermoso, pensó Rafe. Había echado de menos vistas así cuando vivía en Nueva York. Su padre seguía en Miami, por supuesto, y lo visitaba con bastante regularidad. Pero había estado tan ocupado levantando su negocio que había olvidado los placeres sencillos de su infancia en la Habana.

Aquella fue la excusa que le dio su exmujer cuando Rafe descubrió que le había estado engañando. Sarah se había quejado de que nunca estaba en casa y se sentía sola. Pero su matrimonio fue un error desde el principio, y Rafe no se llevó ningún disgusto cuando tuvo un motivo para interponer una demanda de divorcio.

Desgraciadamente, Sarah se había enfrentado a él desde el primer momento. A pesar del generoso acuerdo que Rafe le había ofrecido, ella quería que la perdonara y que volviera a instalarse en su apartamento común como si nada hubiera pasado.

Pero para Rafe, la pérdida del lujoso ático fue un precio pequeño a pagar a cambio de su libertad. Incluso cuando unos meses más tarde Sarah consiguió entrar en su casa nueva y le destrozó el dormitorio, no presentó cargos contra ella. Pensaba que tarde o temprano aceptaría que su relación había terminado.

Pero en los últimos meses, Rafe se había dado cuenta de que eso no iba a pasar. Le habían arrestado por contrabando de droga. Y aunque nunca había tenido ninguna relación con el cártel de Sudamérica, como le acusó Sarah, había supuesto pagar altos honorarios a los abogados y un juicio que le había quitado las ganas de seguir viviendo en Nueva York.

La experiencia le había llevado a replantearse seriamente su vida. Tenía casi cuarenta años y se había pasado los últimos veinte concentrado en el trabajo.

Por eso cuando llegó la oportunidad de vender, no se lo pensó. Solo había mantenido un interés nominal en Oliveira Corporation y compró tierras y una propiedad a un hombre al que ganó jugando al póquer en Las Vegas.

Por muy inquieto que se sintiera, durante los dos próximos años quería darse un respiro, salir a navegar e ir de pesca y estar tranquilo en general. No necesitaba volver a trabajar nunca más, pero no creía que pudiera soportar la perspectiva. Sin embargo, tenía pensado invertir en el futuro en pequeñas empresas como Cartagena Charters, por ejemplo.

Rafe condujo a través del pueblo de Cayo Coral. Su casa, una villa amplia hecha de coral y cal que ocupaba el acantilado que daba a una cala privada. Rafe iba allí a nadar la mayoría de las mañanas, normalmente antes de que se despertara el servicio.

Tal vez la señorita Fielding debería seguir su ejemplo.

Las puertas de su propiedad se abrieron cuando se acercó gracias al teclado electrónico que Steve Bellamy, su asistente, le había instalado en el coche.

Además de investigar a todos los visitantes, el expolicía hacía de chófer, programador informático y chef gourmet si era necesario.

Rafe aparcó el Lexus en uno de los lugares del garaje de seis plazas, dejó las llaves en el contacto y se dirigió a la parte de atrás de la villa.

La piscina se extendía bajo el sol de mediodía, y al otro lado los arbustos de hibiscos y las adelfas caían profusamente sobre los azulejos pintados. Bajo el toldo a rayas había una mesa de teca preparada para la comida por si decidía comer fuera. Su asistenta apareció cuando Rafe estaba mirando hacia el mar. Carla Samuels llevaba más de quince años trabajando para él, mucho antes del fin de su matrimonio. Y aunque su exmujer la había amenazado con todo tipo de consecuencias, Carla se fue con Rafe cuando dejó el apartamento y luego cuando se instaló en Cayo Orquídea.

–¿A qué hora va a querer comer, señor Oliveira? –le preguntó.

Rafe se dio la vuelta y se encogió perezosamente de hombros.

–No tengo mucha hambre, Carla –confesó–. Tal vez más tarde.

–Necesita comer –insistió Carla–. ¿No le apetecería un delicioso filete de mero cocinado solo con un poco de mantequilla y limón? ¿O una ensalada? Luella ha traído marisco fresco.

Rafe sonrió, sacó los brazos de la chaqueta y se la colgó de un hombro.

–No te rindes, ¿verdad, Carla? –se dirigió hacia ella–. De acuerdo. Tomaré una ensalada fuera –la siguió al interior de la casa y torció el gesto–. Cielos, qué frío hace aquí dentro.

Carla se encogió de hombros.

–Al señor Bellamy le gusta así –dijo marchándose a toda prisa antes de que su jefe le dijera nada.

Rafe dejó la chaqueta en una silla de la entrada y pasó al enorme recibidor. Los suelos eran de baldosa italiana y en el medio había una mesa repleta de orquídeas y lilas. Detrás se alzaba una escalera de caracol que llevaba a la planta superior, donde se situaban todas las habitaciones principales.

El despacho de Rafe estaba en el ala izquierda. Se dirigía hacia allá cuando escuchó la voz de Steve.

–Señor Oliveira, ¿tiene un minuto? –le preguntó acercándose a él desde la cocina.

Rafe compuso un gesto de resignación y se dio la vuelta para apoyar los hombros en una de las columnas de piedra que sostenían el techo.

–¿Tengo opción?

Steve se puso muy serio. Era un hombre alto y fuerte, tenía unos pocos años más que su jefe y un rostro en el que cualquiera confiaría.

–Siempre tiene opción –respondió Steve pasándose la mano por el pelo canoso–. Solo quería decirle que vino una visita a verle mientras estaba en la ciudad.

Rafe le observó con curiosidad. Conocía a Bellamy desde hacía dos años y sabía que no era la clase de persona que se preocupaba por nada.

–¿Una visita? –preguntó frunciendo el ceño–. Grant Mathews, ¿no?

–Casi. Pero tengo la sensación de que el señor Mathews está todavía lamiéndose las heridas de su viaje a Las Vegas. He oído que anda corto de dinero.

–Los hombres como Mathews no están mucho tiempo cortos de dinero, Steve –afirmó Rafe–. Tener problemas de liquidez es su excusa habitual. Ya verás como dentro de seis meses hará todo lo posible por recuperar esta casa y las tierras.

–¿Y se las venderá? –Steve alzó las cejas.

–Depende de si me gusta vivir aquí –respondió Rafe encogiéndose de hombros–. No te pongas muy cómodo, Steve. Puede que descubra que la vida de la isla no es para mí. Bueno, si la visita no era Grant Mathews, ¿quién era?

–Su hija –respondió Steve al instante.

–No sabía que tuviera una hija –murmuró Rafe–. ¿Cuántos años tiene? ¿Cómo se llama?

–Unos veintitantos, creo. Se llama Laura. Al parecer su madre y ella vivían en esta casa hasta que su madre se volvió a casar y Laura se marchó a la universidad.

–Entiendo –Rafe reflexionó sobre lo que acababa de oír–. ¿Dijo qué quería?

–No, pero insistió en que necesitaba hablar con usted –Steve hizo una pausa–. Parecía muy interesada.

–¿Ah, sí? –Rafe sonrió burlón y le dio una palmada en el hombro–. Gracias por el aviso, Steve. Pero si vuelve la señorita Mathews, dile que no estoy disponible, ¿de acuerdo?

Lily no vio a Rafe Oliveira durante varios días.

Ray Myers regresó de su viaje a Miami y se mostró algo opaco respecto a la noticia de que el señor Oliveira había estado buscándole.

–¿Lo conoces bien? –preguntó Lily amparándose en el hecho de que tenía confianza con Ray.

–Nos conocemos –contestó su jefe sentándose en el ordenador para ver el movimiento de los barcos cuando él no estuvo–. Veo que el Ariadne regresó sin problemas.

–¿Por qué iba a ser de otra manera? –Lily estaba molesta de que no quisiera hablar con ella del otro tema–. Por cierto, Dave dice que hay que revisar los motores del Santa Lucia.

Ray alzó la vista para mirarla.

–Tal vez dentro de unas semanas. Lo necesitamos para el grupo de pescadores de Boston.

Lily se encogió de hombros. Si Ray quería arriesgarse con su licencia era asunto suyo. Pero no pudo evitar pensar que en su lugar ella habría escogido una opción más segura.

Ray torció el gesto y decidió cambiar otra vez de tema.

–Supongo que sabes que Laura Mathews ha vuelto a la isla.

Laura había sido una buena amiga suya antes de que cada una se fuera por su lado, Laura a Nueva York a trabajar en una agencia de publicidad y Lily a la universidad en Florida.

–No, no sabía nada de ella.

Por supuesto, recientemente se había hablado del padre de Laura y de la cantidad de dinero que había perdido en las mesas de juego de Las Vegas. En el pasado fue el hombre más rico de Cayo Orquídea, y ahora Dee-Dee decía que a duras penas podía salir adelante debido a la recesión económica.

Así que había tenido que vender algunas propiedades. Como la casa de Punta Orquídea. Unos años atrás, Laura y su madre vivían en la villa que ahora pertenecía a Rafael Oliveira. Los padres de Laura se separaron cuando ella era una niña, y desde entonces Grant Mathews vivió solo en la casa de la plantación.

—Imprímeme una copia de nuestra situación financiera actual, ¿quieres? —dijo entonces Ray levantándose del escritorio de Lily—. No se me da muy bien la informática.

Lily sintió una punzada de recelo. Solo era una intuición, pero a Ray no se le daba muy bien ocultar sus sentimientos y al parecer tenía algo más que los problemas del Santa Lucia en mente.

—Pareces preocupado —dijo a pesar de su decisión de no implicarse—. No tenemos problemas, ¿verdad? Cartagena Charters es la mejor agencia de la isla.

—Eso no es mucho decir dadas las circunstancias actuales. La gente no viene a la isla fuera de temporada como antes —musitó Ray—. Esos huracanes caribeños no son buenos para el negocio. Ya sabes que hemos tenido un par de cancelaciones, y como perdí dos barcos en esa tormenta del otoño pasado estoy haciendo grandes esfuerzos por mantenerme a flote.

Lily fue consciente de que el recelo que había sentido antes estaba justificado.

—Pero entonces, ¿por qué comprar una nueva goleta? ¿Nos lo podemos permitir?

Ray la miró de reojo.

–¿Importa eso? La necesitábamos –le recordó–. ¿No te acabo de decir que perdimos dos barcos el pasado otoño?

–Sí –Lily se quedó pensativa–. Y supongo que si queremos que alguien se interese por Cartagena Charters hay que presentar una imagen de éxito.

Ray afirmó con la cabeza.

–Ahora nos entendemos.

Un inversor como Rafe Oliveira, pensó Lily incómoda. Se le pusieron los nervios de punta al recordar a aquel hombre de pie en la oficina mirándola con aquellos ojos negros como la noche.

Tragó saliva. ¿Acaso confiaba Ray en conseguir que Oliveira se interesara por la agencia?

Dudaba mucho que la propia Dee-Dee pudiera predecir lo que eso significaría para Lily.

Capítulo 3

LILY sintió la tentación de ir a nadar aquella noche. La idea de sentir el agua fresca en su cuerpo acalorado le resultaba de lo más atractiva después de más de una semana evitando la playa.

Irónicamente, Dee-Dee también mencionó a Laura Mathews en cuanto Lily llegó a casa del trabajo aquella tarde. No se le escapaba ningún cotilleo, y cualquier cosa relacionada con la familia Mathews era digna de mención.

La asistenta antillana normalmente se quedaba para servirle la comida al reverendo y preparar la cena para ambos. La mayoría de las tardes todavía estaba allí cuando Lily volvía a casa.

La noticia sobre los Mathew garantizaba una conversación más larga. Al parecer corría el rumor de que Laura había estado manteniendo su llegada en secreto.

Pero ahora había salido a la luz. Y según Dee-Dee, Laura había perdido su trabajo en Nueva York y por eso había mantenido un perfil tan bajo desde que volvió. A Lily le daba pena que las cosas no le fueran bien. Sí, Laura no había tenido mucho tiempo para ella en los últimos años, pero eso no significaba que le deseara ningún mal.

Dejó a un lado aquellos pensamientos mientras dejaba la ropa y la toalla en la arena y se lanzaba al mar. Era casi de noche y había muy pocas posibilidades de que alguien estuviera observándola.

Podía escuchar el sonido de los tambores a lo lejos, y un escalofrío le recorrió la espina dorsal al saber lo que eso significaba. Su padre no estaría contento si supiera que su hija estaba nadando en la oscuridad a escasos metros de las antiguas cabañas de esclavos. Ni siquiera aprobaba que nadara sola a la luz del día, y normalmente Lily solía hacer lo que su padre decía.

Llevaban demasiado tiempo viviendo juntos, pensó. Desde que su madre murió cuando ella era adolescente, William Fielding se había vuelto mucho más estrecho de mente. Se pasaba el día escribiendo largos y aburridos sermones para su pequeña congregación y amenazando a Lily con todo tipo de represalias si ignoraba sus palabras.

Lily se había puesto una falda y una camisa para cenar. Debajo llevaba el bikini en lugar de ropa interior. Si su padre le hubiera preguntado si iba a salir, no le habría mentido. Tal vez le habría dicho que iba a dar un paseo, lo que en parte era cierto.

Y después de todo tenía veinticuatro años.

El agua estaba fría a aquellas horas de la noche. El reflejo de la luna en la superficie parecía evocar la romántica imagen de un hombre y una mujer haciendo el amor.

Aunque Lily no tenía demasiada experiencia en esa área. Un par de torpes encuentros cuando estaba en la universidad y una breve aventura con el vicario de su padre la habían dejado sin ganas de tener más sexo ocasional. Dee-Dee aseguraba que con el compañero adecuado sería maravilloso. Pero Dee-Dee también quería que acudiera a alguna de las ceremonias que se celebraban de vez en cuando y viera con sus propios ojos lo que se estaba perdiendo.

Lily se había resistido hasta el momento. Y no porque no tuviera curiosidad, porque sí la tenía. Se preguntó si Rafe Oliveira habría tenido alguna experiencia con la magia negra. El hecho de relacionar aquellos pensamientos con él tras un único encuentro le resultaba perturbador.

Se puso de espaldas en el agua, miró hacia la bóveda de estrellas que tenía sobre la cabeza y dejó que el rostro oscuro de Rafe ocupara toda su visión. No le resultó difícil. Llevaba varios días pensando en él.

Pero el repentino temblor en el vientre, la sensación líquida entre las piernas era distinta. Tan distinta que de pronto se quedó sin aliento.

¿Qué le estaba pasando? Trató de relajarse. No le quedaba mucho tiempo antes de que su padre empezara a preguntarse dónde estaba. Y hacía una noche maravillosa. Una noche de amante, pensó deslizando la mano desde el vientre hasta los pezones erectos.

Y entonces contuvo la respiración alarmada. Había alguien entre las sombras de un grupo de palmeras que crecía al lado de las dunas. Era un hombre, estaba segura de ello. Y de nuevo la imagen de Rafe Oliveira apareció como un destello ante sus ojos. Se puso boca abajo al instante y miró fijamente hacia la oscuridad. Pero aunque se quedó mirando hasta que le dolieron los ojos por el esfuerzo, las sombras, cuando por fin se movieron, solo revelaron árboles.

Lily frunció el ceño. ¿Se lo habría imaginado? Estaba cansada, y en la oscuridad resultaba fácil crear sombras de la nada. Decidió que ya había pasado demasiado tiempo en el agua y nadó con firmeza hacia la playa. Se secó con la toalla con más fuerza de lo habitual y luego se vistió rápidamente con la blusa sin mangas y la falda de cuadros.

La blusa era de encaje color ámbar y se le pegaba a

los senos todavía húmedos y a los hombros. Pero aunque la falda era más corta de lo normal y tenía un vuelo provocativo, no enseñaba mucho. Lily vaciló antes de quitarse la braguita del bikini. Pero, ¿quién iba a verla ahora? No había ninguna figura oscura observándola desde el acantilado, así que se la quitó.

No quería ni pensar en lo que diría su padre si pudiera verla. Pero, ¿qué había hecho? ¿Nadar en topless sin su permiso en la oscuridad y quitarse la parte de abajo mojada para que se le secaran las piernas?

No era nada del otro mundo, se dijo. Por muy estricto que fuera su padre, ella necesitaba un poco de libertad.

Lily había llegado ya a la modesta rectoría antes de ver el coche aparcado a un lado de la casa. Era un Lexus que no le resultaba familiar.

Sintió cierto recelo. Si tenían visita, entonces seguramente el reverendo Fielding no estaría encerrado en su despacho como ella había imaginado.

Antes de que pudiera pensar algún plan para entrar en la casa sin ser vista, un hombre salió de entre las sombras y se colocó frente a ella.

—Buenas noches, señorita Fielding —dijo con tono educado y suave—. ¿Cómo estás?

¡Rafe Oliveira!

Lily fue consciente al instante del encaje ámbar que le colgaba de los senos como una segunda piel y del embarazoso hecho de que, tanto si él lo sabía como si no, estaba desnuda bajo la falda.

Como se sentía tan vulnerable, su respuesta fue especialmente seca.

—¿Estaba espiándome otra vez, señor Oliveira? —inquirió sin importarle que la acusación fuera injustificada.

El porche que quedaba tras ellos estaba tenuemente iluminado por unos farolillos colgados, y Lily vio cómo Rafe alzaba las cejas. Sus oscuros ojos reflejaron primero sorpresa y luego burla.

–No te estaba espiando, señorita Fielding –aseguró–. Tu padre estaba preocupado por ti. Dijo que habías salido a dar un paseo. Así que me ofrecí a ir a buscarte. Acabo de salir de la casa y me he topado contigo.

Lily se mordió el labio inferior.

–Supongo que usted sabía que no he ido a dar un paseo.

–No he pensado mucho en ello –aseguró Rafe.

Ella le observó por el rabillo del ojo sin saber si creerle o no. Aquella noche iba vestido de negro, lo que acentuaba su perturbador encanto. Y muy a su pesar, Lily no era inmune a él.

–¿Va a decirle a mi padre que le he mentido? –insistió Lily.

–¿Por qué iba a hacerlo? –Rafe hizo un movimiento despreocupado con las manos–. No eres ninguna niña.

Lily lo miró con expresión soliviantada.

–Entonces, ¿por qué se ofreció a salir a buscarme?

–Podría decir que estaba preocupado por ti, pero sinceramente, me preocupaba más el pobre mirón que podría resultar arrestado –Rafe sacudió la cabeza.

Ella alzó la cabeza.

–No había nadie alrededor.

–¿Estás segura?

No lo estaba. Recordó los nervios cuando escuchó los tambores y su convencimiento de que había alguien escondido entre los árboles.

–Bueno, como puede ver, estoy en casa sana y salva –afirmó con tirantez–. No queremos entretenerle más.

Rafe apretó los dientes con gesto de frustración.

–¿No crees que sería mejor avisar a tu padre de tu llegada cuando hayas tenido tiempo de cambiarte? –le recorrió el cuerpo con la mirada–. Creo que está esperando que volvamos. Y disculpa, pero, ¿lo que tienes en la mano es la parte de abajo del bikini? Eso es una prueba concluyente, ¿no te parece?

Lily sintió que se le encendía el rostro y se quedaba sin aire. Había olvidado que llevaba la braguita del bikini en la mano.

Rafe suspiró.

–Supongo que estás al tanto de que se están llevando a cabo ciertas... actividades ilegales en este momento en las antiguas cabañas de esclavos que hay al final de la playa.

Lily contuvo la urgencia de cruzar las piernas. ¿Cómo sabía Rafe lo que estaba pasando en las antiguas cabañas? Eso aumentaba la posibilidad de que alguien más pudiera haberla visto, pensó incómoda.

Se estremeció. Había algo perturbadoramente íntimo en aquella conversación.

–Se... será mejor que vaya a cambiarme –dijo pensando que tal vez le había juzgado mal.

Pero cuando intentó pasar por delante de él, Rafe se interpuso en su camino

–No deberías tomarte tan a la ligera tu seguridad, ¿sabes? –le dijo en voz baja.

Lily sintió de pronto que le faltaba el aire. Rafe le acarició un mechón de pelo mojado.

–Sería muy fácil para... alguien... aprovecharse de ti.

Lily tragó saliva con cierta angustia y Rafe dejó caer la mano. Al parecer había reconsiderado el impulso que le había llevado a tocarla.

Lo que era una pena, porque durante un instante de

locura ella había deseado que la estrechara entre sus brazos.

Rafe dio un paso atrás y levantó las manos en gesto de aceptación. Pero cuando Lily se movió para marcharse, le dijo con tono suave:

–Por favor, la próxima vez que nos encontremos tutéame. Me llamo Rafe –apretó los labios–. Ojalá me llamaras así.

–Tengo que irme –murmuró ella pasando a toda prisa por delante de él. La piel le tembló de manera incontrolada al sentir el roce de su musculoso cuerpo contra el suyo.

Rafe la siguió dentro de la casa e interceptó a su padre, permitiéndola escapar escaleras arriba. Y se lo agradeció. Cuando volvió a bajar él ya no estaba. Lily se había dado una ducha rápida y se había puesto pantalones cortos limpios y una camiseta. Pero su padre estaba en el umbral del despacho, y cuando lo miró supo que esperaba una explicación.

–¿Dónde has estado? –le preguntó sin preámbulos–. No me dijiste que ibas a pasear por la playa. ¡Has estado fuera más de una hora!

Lily sabía que se preocupaba por ella, pero aún así le molestó su tono dominante.

–Lo siento –murmuró apretando los labios.

–Eso no es suficiente, Lilian –William Fielding frunció el ceño–. Hemos tenido una visita. El señor Oliveira, de Punta Orquídea. Me hubiera gustado presentártelo.

–Ya lo conozco –empezó a decir Lily. No sabía qué había contado Oliveira y estada decidida a no quedar como una mentirosa, aunque así era exactamente como se sentía.

Pero su padre no la dejó terminar.

–Eso ya lo sé –la interrumpió–. Se ofreció a ir a buscarte. No sé en qué estabas pensando, Lily. Seguro que sabes lo que pasa en el otro extremo de la playa cuando se hace de noche.

Lily estaba pensando qué decir y decidió cambiar de tema.

–¿Qué quería el señor Oliveira? No sabía que lo conocías.

–Hasta esta noche –William Fielding seguía con las cejas alzadas–. Supongo que te habrá dicho quién era cuando se encontró contigo.

Lily suspiró.

–Lo cierto es que ya lo conocía. Vino a la agencia hace unos días preguntando por Ray.

El reverendo Fielding frunció el ceño.

–Me preguntó qué querrá de Myers. Un hombre como él no necesita alquilar ningún barco, sin duda tendrá su propio yate.

Ahora le tocó a Lily el turno de fruncir el ceño.

–¿Un hombre como él? –repitió–. ¿Quién es? ¿Qué sabes de él?

–Solo lo que he leído en los periódicos –respondió su padre a la defensiva sentándose en el escritorio–. Habrás oído que antes estaba al frente de un grupo de empresas de éxito en Nueva York.

–Sí, bueno –admitió ella–, pero eso no explica qué estaba habiendo aquí.

Su padre se dejó caer en el sillón de cuero y encogió los hombros.

–Supongo que quería conocerme.

–Pero, ¿por qué?

–¿Tiene que haber una razón? –el reverendo Fielding parecía impaciente–. Ese hombre está viviendo en la isla, Lily. Tal vez necesitara guía espiritual.

–¿Y se la has dado? –Lily no podía ocultar su escepticismo.

–Como tenía la mayor parte de mis energías puestas en encontrarte, no, nuestra conversación fue muy corta.

Lily sacudió la cabeza.

–No entiendo por qué ha venido a verte. Tú eres un ministro anglicano y él es hispano. Seguro que es católico.

–¿No se te ha ocurrido pensar que tal vez su Iglesia le haya dado la espalda? No sabemos lo que ha pasado.

Lily parpadeó.

–¿A qué te refieres? –ahora le tocó a ella impacientarse–. Hay algo que no me estás contando, ¿verdad?

–Lo que digo es que no deberíamos juzgar a nadie si no queremos que nos juzguen a nosotros –respondió su padre con pedantería, tirando de uno de sus textos en lugar de darle una respuesta directa. Reacomodó los papeles del escritorio y asintió con la cabeza–. Al menos estás en casa sana y salva, querida –sacó su libro de oraciones de debajo de una pila de notas–. ¿Ofrecemos una plegaria de agradecimiento?

Capítulo 4

LA MUJER está aquí otra vez –dijo Steve Bellamy asomando la cabeza en el despacho de Rafe tras llamar brevemente con los nudillos–. ¿Quiere que hable yo con ella?

Rafe, que estaba examinando una carta náutica con los arrecifes que rodeaban la isla, alzó la vista con expresión confundida.

–¿Qué?

–Laura Mathews –se explicó Steve entrando en la estancia–. La hija de Grant Mathews.

–Es muy insistente –Rafe sacudió la cabeza. No tenía ganas de lidiar con una mujer que seguramente estaría histérica–. Dile que he salido a navegar.

Steve alzó las cejas.

–Pero ahora mismo no tiene barco, señor Oliveira. El suyo sigue amarrado en Newport.

–Eso ella no lo sabe –respondió Rafe con rotundidad–. En lo que a la señorita Mathews se refiere, estaré fuera el resto del día.

Lily estaba sentada en su escritorio revisando la pila de facturas para ver cuál tenía que pagar primero cuando escuchó cómo se abría la puerta de fuera. Ray estaba al frente de la agencia aquella mañana, así que ni se molestó en levantarse.

Pero al escuchar a su jefe hablando con alguien que le resultaba demasiado familiar sintió cómo le sudaba el labio superior y aspiró nerviosa el aire. Tenía la esperanza de que transcurriera más tiempo antes de que Rafe Oliveira volviera a pasarse por la agencia.

Se revolvió en la silla con cierta incomodidad y trató de no escuchar aquel intercambio en voz baja. Se dijo a sí misma que no estaba interesada. Las razones por las que Oliveira estaba allí no tenían nada que ver con ella.

Pero los muslos se le habían pegado al asiento de plástico debido a los pantalones cortos de algodón que llevaba. Quería moverse, esconderse en el cuarto de baño, pero cuando trató de incorporarse las patas de la silla arañaron ruidosamente el suelo de madera.

Estuvo a punto de gemir en voz alta. Ahora Oliveira sabría que estaba ahí, escuchando a escondidas su conversación. ¡Espiándolo! Apretó los dientes, se levantó y encendió la radio en una emisora de *reggae* que consiguió acallar cualquier otro sonido.

Se preguntó si Oliveira sabría que Cartagena Charters tenía problemas. Estaba claro que Ray se había puesto en contacto con él. Por eso había ido a la agencia la semana anterior. Pero pensar que hubiera decidido invertir o incluso convertirse en socio de la empresa era algo completamente distinto. Cada vez parecía más claro que el hombre tenía algún interés en la empresa.

–Lily, ¿tienes un momento?

Ray interrumpió sus pensamientos antes de que pudiera seguir por ahí. Ahora no tenía opción.

Se detuvo un instante para observar el escote de la camisa y comprobar que no se le salía por debajo. Y luego, resignada, rodeó el biombo y salió a la parte frontal de la agencia.

Rafe percibió su reticencia a hablar con él en cuanto la vio. Aquella mañana llevaba su maravillosa melena aclarada por el sol recogida en un moño informal e iba vestida con una sencilla camisa blanca y pantalones cortos color café.

Nada glamoroso, pero estaba impresionante de todas maneras. Y seguramente no era consciente de ello.

–¿Sí? –dijo sin mirar deliberadamente a Rafe–. ¿Querías algo, Ray?

–Sí –Myers miró al otro hombre–. Conoce usted a mi asistente Lily, ¿verdad, señor Oliveira?

Rafe inclinó la cabeza y Lily no tuvo más remedio que mirarlo.

–Por supuesto –dijo con tono suave–. Me alegro de volver a verte... eh... Lily.

El hecho de que dijera su nombre con vacilación era algo deliberado, Lily estaba segura de ello.

Se las arregló para empastar una sonrisa educada y luego volvió a girarse hacia su jefe.

–¿Ocurre algo? –preguntó alzando una ceja.

–No, claro que no –se apresuró a decir Ray–. Quería enseñarle el puerto al señor Oliveira, nada más. ¿Podrías retrasar la pausa para la comida una hora más?

–Por supuesto.

Rafe se dio cuenta de que había alivio en su respuesta. ¿Qué le preocupaba? ¿Que su jefe le hubiera pedido que fuera ella quien le enseñara el puerto?

Pero no. Myers urgió a Rafe a salir por la puerta antes de que Lily pudiera decir una palabra más.

Por su parte, Rafe hubiera preferido hablar con Lily. Ella debía saber lo que estaba pasando realmente en la agencia, pero quedaba claro que no estaba muy contenta de volver a verlo, y creía saber por qué.

El incidente de su baño en la oscuridad seguía carcomiéndola. Y, sin embargo, lo único que había hecho Rafe era preocuparse por su seguridad.

Pero, ¿Lily se lo creía?

¿Y se lo creía él?

—De acuerdo —Rafe sonrió—. Hasta luego, Lily.

Ella se limitó a asentir con la cabeza, pero Rafe vio la incertidumbre en sus ojos. Tenía los ojos de una gata, pensó, verdes y recelosos. Le dio la sensación de que sabía más sobre el negocio de lo que estaba diciendo.

Lily exhaló un suspiro de alivio cuando la puerta se cerró tras ellos. Tenía un poco de miedo de que Ray le pidiera que los acompañara. ¿Y cómo iba a quedarse callada si su jefe empezaba otra vez a presumir del éxito de la agencia?

Regresaron en menos de media hora.

Lily, que esperaba que estuvieran al menos una hora fuera, sintió una punzada de curiosidad cuando Rafe Oliveira siguió a Ray al interior de la agencia. ¿Querría ver el estado financiero de la agencia? Seguramente sí.

—Hola, ya puedes irte —le dijo Ray con tono alegre, aunque Lily vio en su expresión que las cosas no habían salido exactamente como él planeaba.

Lily se puso de pie. Estaba claro que quería hablar de su negocio sin tener una presencia crítica delante.

—De acuerdo —miró a Rafe de reojo antes de agarrar el bolso, y luego esbozó una media sonrisa, abrió la puerta y salió al aire húmedo del mediodía.

Normalmente se compraba un sándwich y un capuchino y buscaba un lugar tranquilo en el palmeral para comer. Se alejó unos pasos de la agencia y estaba a punto de cruzar la calle cuando una mano la agarró a la altura del hombro.

Su reacción inicial fue de alarma. Pero cuando giró

la cabeza no se llevó tampoco ninguna sorpresa al ver el rostro moreno de Rafe Oliveira.

–Hola –dijo él soltándola al instante–. ¿Podemos hablar?

Ella se sintió tentada a decir que no y seguir andando, pero eso habría sido de mala educación. Además, estaba convencida de que Ray no querría que le ofendiera.

–Es mi hora de comer –afirmó innecesariamente–. Si se trata del negocio, creo que debes hablar con Ray.

Rafe dejó escapar un suspiro exasperado.

–Esto no tiene nada que ver con Ray –afirmó–. Ya sé que es tu hora de comer, lo he oído antes. Eso es lo que quería preguntarte. ¿Quieres venir a comer conmigo? Hay muchos restaurantes por aquí.

Lily no pudo evitar que se le acelerara el pulso. ¿Por qué diablos quería Rafe comer con ella?

–¿Por qué yo? –preguntó dando voz a sus dudas–. ¿Por qué con Ray?

¡Buena pregunta! Rafe la miró pensativo preguntándose si él mismo conocía la respuesta.

–Tal vez prefiera comer con una joven guapa –afirmó con coquetería–. ¿Algún problema?

–Estoy segura de que Ray esperaba que mostraras más interés en la empresa –respondió ella con sequedad–. Y sin embargo debes tener algún motivo para haber regresado a la agencia. ¿Tienes algún interés financiero en Cartagena Charters?

–Come conmigo y lo sabrás –contestó Rafe sin rodeos.

Lily sacudió la cabeza.

–No creo que sea una buena idea.

Rafe musitó una palabrota entre dientes y luego miró a su alrededor.

–¿De verdad esperas que continúe con esta conversación aquí? –señaló con la cabeza al otro lado de la calle–. Ahí hay un hombre que me ha estado observando desde que salí de la agencia.

Lily se dio la vuelta para mirar. Y sí, había un hombre de pie en la acera. Tenía una cámara al cuello, como cualquier turista. Pero decir que les estaba observando a ellos era discutible.

–Crees que estoy paranoico, ¿verdad? –inquirió Rafe–. Pero después de tanto tiempo sé reconocer a un paparazzi cuando lo veo –sacudió la cabeza–. Entonces, ¿vas a comer conmigo o no? Si dices que no, mi escolta y yo te dejaremos en paz.

Lily volvió a mirar al hombre y se le ocurrió pensar que tal vez a quien estuviera vigilando fuera a ella. La piel se le puso de gallina como aquella noche en la playa.

–¿Quién es?

–No tengo ni idea –Rafe se encogió de hombros–. Tal vez trabaje para uno de esos periódicos sensacionalistas, para la CIA o la DEA. No lo quiero saber.

Lily se lo quedó mirando fijamente.

–Pero, ¿qué interés pueden tener en nosotros la CIA o la DEA?

Rafe torció el gesto.

–Está claro que no lees los periódicos. Mi nombre ha aparecido durante semanas en los titulares.

Lily estaba impactada. Sabía que la DEA era la Agencia antidroga de Estados Unidos.

–¿Estás diciendo que tienes algo que ver con la droga?

–¡Dios, claro que no! –exclamó Rafe indignado–. Pero no tengo intención de defenderme aquí. Bueno, ¿qué decides?

Lily vaciló. Sabía que lo que debía hacer era darle las gracias educadamente por la invitación y marcharse.

Pero no podía negar que se sentía tentada.

–De acuerdo –se escuchó decir a sí misma–. Comeré contigo.

Aunque solo fuera para averiguar por qué había ido a ver su padre, se dijo para tranquilizarse. No porque el hecho de mirarlo le provocara mariposas en el estómago.

–Bien –sin vacilar ni un instante, Rafe la tomó del brazo y caminó con ella por la calle.

Pero Lily se zafó en cuanto pudo y dijo con sequedad:

–Prefiero no comer en un restaurante. Normalmente me tomo un sándwich en el palmeral.

–¿Y estás sugiriendo que yo haga lo mismo? –le preguntó Rafe con incredulidad.

Lily contuvo el aliento. Con los pantalones caqui y la camiseta negra, Rafe tenía un aspecto oscuro y peligroso. La piel se le volvió a poner de gallina. Estaba a punto de decirle que eso dependía de él cuando vio por el rabillo del ojo al hombre del que estaban hablando antes. Estaba medio escondido tras el tronco de una palmera a unos diez metros de distancia.

–Siguen observándonos –afirmó dándose cuenta de que antes no le había creído del todo–. El hombre que mencionaste antes... está ahí.

Rafe sintió una punzada momentánea de impaciencia. Se le pasó por la cabeza que no debería meter a Lily en sus asuntos. Para empezar, era demasiado joven. Y además, ¿de verdad quería cargar con los sentimientos de otra mujer sobre su conciencia?

–Te lo dije –murmuró mirando al hombre de reojo–. Así que tal vez deberíamos dejar lo de la comida, ¿no?

Lily vaciló.

–Eh... no necesariamente –se escuchó decir para su propio asombro. ¿Por qué no aprovechaba aquella oportunidad para escapar?

Pero Oliveira había dicho que tal vez le contara lo que estaba pasando con Ray, se dijo para defenderse. Aspiró con fuerza el aire y añadió:

–Quiero decir, si todavía estás dispuesto a venir conmigo al parque.

Capítulo 5

LA CAFETERÍA en la que Lily solía comprarse el sándwich y el capuchino estaba al otro lado de la calle.

Hizo amago de cruzar la calle. Pero se detuvo alarmada cuando Rafe volvió a agarrarla del brazo y tiró de ella hacia atrás.

Para apartarla del camino de un minibús que no había hecho amago de detenerse.

Escuchó las palabras furiosas de Rafe en el oído, sintió su respiración cálida en la nuca y se dio cuenta de que estaba temblando. Se giró hacia él.

–Podría haberte matado –murmuró Rafe cuando Lily dejó de temblar.

–Pero no lo ha hecho –dijo ella, agradecida por su vigilancia–. No sé cómo darte las gracias. He cometido una estupidez. Tendría que haber mirado a ambos lados.

–Sí –reconoció Rafe con el rostro todavía ensombrecido por la preocupación–. Pero ese maniaco no tenía intención de parar.

La intensidad con la que la estaba mirando provocó que Lily se quedara sin aire en los pulmones. Aunque ya no la estaba tocando, se sentía débil y sin aliento. Se dijo a sí misma que era el susto por lo que acababa de pasar, pero no podía apartar los ojos de su perturbadora mirada.

–Creo que debería volver a la agencia –murmuró con voz todavía temblorosa.

Pero Rafe alzó una ceja con gesto burlón.

–Qué decepción –dijo–. Estaba deseando pasar un rato contigo.

Lily suspiró indecisa. Pero sería de mala educación abandonarlo después de que le hubiera salvado prácticamente la vida, pensó poniéndose a la defensiva.

–De acuerdo –dijo alzando la vista de nuevo hacia la calle–. El sitio en el que compro mi sándwich está al otro lado de la calle. Tenemos que ponernos a la cola.

¿A la cola?

Rafe torció el gesto al ver que había efectivamente una fila de personas esperando en la puerta. Dadas las circunstancias, no tenía ningún interés en pasarse los siguientes quince minutos esperando para comprarse una hamburguesa grasienta y una café.

–¿Seguro que no prefieres encontrar un restaurante pequeño y sentarte? –preguntó, consciente de que a pesar de su gesto desafiante, Lily todavía estaba pálida–. Hazlo por mí –dijo–. Yo también me he llevado un buen susto.

Ella dudó. Además, el hombre de la cámara seguía vigilándoles y cuando se giró hacia él vio que levantaba la cámara hacia ellos.

–De acuerdo –dijo soltando un suspiro incómodo–. Sobre todo porque no me gusta que nadie me haga fotos sin mi permiso.

Lily nunca había estado el restaurante que Rafe había escogido para comer. Y eso era un alivio. Ahora no pensaba que nadie pudiera reconocer a Rafe Oliveira, el hombre que al parecer había dejado Nueva York bajo una nube de sospecha y que ahora poseía la exclusiva villa de Punta Orquídea.

Afortunadamente les dieron una mesa dentro, lejos de las ventanas y de la humedad que ya había provocado un hilo de sudor en la espalda de Rafe.

¿O se debía a una reacción al accidente que había estado a punto de suceder? ¿Habría tomado su acosador una foto de ese momento? En cualquier caso, resultaba frustrante saber que ni siquiera allí, en aquella exótica isla, podía escapar de su pasado.

Pero, ¿acaso no estaba provocando más cotilleos al invitar a Lily a comer con él? ¿Qué tenía aquella joven que le llevaba a romper los hábitos de toda una vida? Nunca antes se había comportado de un modo tan imprudente, nunca se había sentido tan atraído hacia una mujer tan distinta a todas las que había conocido.

Lily pidió un zumo de lima con hielo y Rafe una cerveza, y compartieron una ensalada de marisco que estaba deliciosa. Mucho más que el sándwich de pollo que iba a comprarse, reconoció Lily.

—Esto es muy agradable —le dijo a Rafe mirándolo a los ojos cuando les sirvieron. Sentía que debía mostrar su gratitud—. Me siento mucho mejor.

—Qué bien —Rafe alzó su vaso de cerveza y la miró por encima del borde—. Todo podría haber terminado mucho peor.

—Sí, ese minibús podría haberme arrollado —reconoció Lily—. Me salvaste la vida.

—Me refería a que nuestra foto podría haber aparecido en el periódico local —le aclaró él—. No creo que el reverendo Fielding lo hubiera aprobado.

Lily estaba segura de que no. Su padre habría pensado lo peor. Se mordió el labio inferior.

—¿Crees que el fotógrafo nos habrá seguido hasta aquí?

–Tal vez –murmuró Rafe pensativo–. Pero te puedo asegurar que no entrará en el restaurante. Eso implicaría pagar una gran cantidad de dinero, y ellos no cobran tanto.

Lily sacudió la cabeza.

–¿Por qué tiene la prensa tanto interés en ti? –quiso saber ella.

Rafe suspiró antes de contestar.

–Me temo que la culpa la tiene mi exmujer.

Lily se lo quedó mirando fijamente.

–¿Tu exmujer?

–Sí, estuve casado un corto periodo de tiempo –Rafe se encogió de hombros–. Unos años infelices, me atrevería a decir.

Lily se llevó un poco de ensalada a la boca y lo masticó pensativa.

–Sigo sin entender... –comenzó a decir. Pero se detuvo al darse cuenta de que estaba siendo indiscreta.

–Sarah, mi exmujer, fue la responsable de que me arrestaran con cargos por droga –le dijo Rafe–. Cuando nos separamos, juró que se vengaría de mí. Y lo hizo.

Lily abrió la boca.

–¡Pero eso es horrible!

–Me temo que es la naturaleza humana –afirmó él llevándose otra vez la cerveza a los labios, vaciándola de un trago. Luego llamó al camarero antes de señalar el vaso medio vacío de Lily–. ¿Quieres otro?

–No, gracias –Lily sacudió la cabeza y se preguntó si se trataba de imaginaciones suyas o los demás clientes del café los estaban mirando ahora fijamente. Pero intentó concentrarse en la comida.

Se hizo el silencio durante unos instantes y luego Rafe volvió a hablar.

–Tu padre es un hombre interesante, ¿no?

Lily parpadeó. Antes tenía curiosidad por saber de qué habían hablado los dos hombres, pero otras cosas la habían distraído.

–Si tú lo dices... –murmuró mirando con recelo al camarero que le había llevado otra cerveza a Rafe. Se mordió el labio inferior–. Gracias por no decirle dónde estaba cuando me encontraste la otra noche.

–Le conté que ibas de regreso a la rectoría cuando te encontré –afirmó Rafe con despreocupación–. ¿Acaso no es la verdad?

Lily vaciló.

–Sí, bueno. Pero no habría aprobado que fuera a nadar sola. ¿Por qué fuiste a verlo? Tú no eres anglicano, ¿verdad?

–No –Rafe la miró con ojos astutos, pero decidió responder a la pregunta–. Mi madre, que ya murió, era una buena católica. Mi padre vive en Miami. Vivimos en la Habana hasta que yo tenía ocho años y... yo me confesaba con regularidad como todos los miembros de mi familia.

Lily asintió. Estaba encantada de escuchar su preciosa voz.

–Pero tengo que decir que últimamente no practico ninguna religión. Ni siquiera la de la secta a la que pertenece tu asistenta.

Lily arqueó las cejas sorprendida.

–¿Qué sabes de Dee-Dee?

Rafe se recostó en la silla y jugueteó con el vaso de cerveza entre los dedos.

–Yo también tengo asistenta –aseguró con naturalidad–, y pocas cosas se escapan a la atención de Carla.

«Ni a la tuya», pensó Lily, pero se guardó mucho de decirlo. En cambio preguntó con cautela.

–Todavía no me has dicho por qué fuiste a ver a mi padre.

–¿No te lo ha contado él?

–Está claro que no –a Lily le dio la impresión de que estaba burlándose de su curiosidad. Alzó los hombros. No quería entrar al trapo–. Pero si no quieres contármelo, supongo que debería volver al trabajo.

La sonrisa de Rafe la pilló por sorpresa.

–Estás enfadada conmigo, ¿verdad?

–No –Lily se las apañó para hacer un gesto despectivo–. No estaba tan interesada.

–Ya –al parecer Rafe no la creía–. Bueno, háblame de ti. ¿Te gusta tu trabajo en la agencia?

–Tengo que irme, de verdad.

–Todavía no –Rafe se inclinó sobre la mesa para agarrarle la mano–. Dime, ¿por qué no llevas anillo? –le deslizó sensualmente el pulgar sobre el dedo–. ¿Es que todos los hombres de Cayo Orquídea están tan ciegos como tu jefe?

Lily contuvo el aliente, convencida de que una vez más todas la miradas de los clientes estaban clavadas en ellos.

–Si te refieres a por qué no estoy casada, todavía no he encontrado a nadie con quiera compartir el resto de mi vida –se encogió de hombros.

Hasta el momento, pensó con incredulidad. A pesar de todo lo que había oído sobre Rafe Oliveira, seguía siendo el hombre más fascinante que había conocido.

–Eso es muy triste.

Rafe le sostuvo la mirada durante un largo y perturbador instante y luego apartó los ojos. ¿Qué hacía coqueteando con aquella joven que parecía tan ingenua en muchos sentidos? Se maldijo a sí mismo y añadió:

–En Cuba, donde yo nací, muchas chicas buscan marido en cuanto acaban el instituto.

–Yo solía pensar que eso era lo que mi padre quería también –le dijo Lily entendiendo lo que quería decir. Y luego sintió cómo se le sonrojaban las mejillas–. Pero esto no es de tu interés.

–Al contrario, todo lo tuyo me interesa –a su pesar, pensó Rafe consciente de lo suave que tenía la piel–. Pero has cambiado de opinión, ¿verdad?

–Bueno –Lily se sintió animada a seguir–. Trató de emparejarme con Jacob Proctor, su vicario. Pero creo que se dio cuenta de que si me casaba y me trasladara a otra de las islas cuando Jacob tuviera su propia parroquia, entonces no estaría aquí para cuidar de él.

Rafe se mordió el labio inferior un instante y luego dijo:

–Este tal... Jacob, ¿estabas enamorada de él?

Lily sacudió la cabeza y apartó la mano.

–No. Solo salimos juntos media docena de veces.

–¡Pobre Jacob!

Aunque trató de mantener un tono burlón, Rafe no pudo evitar experimentar una sensación de alivio al escuchar la noticia. Pero una vez más se despreció a sí mismo por pensar así. Tenía casi cuarenta años, por el amor de Dios. Y ella era mucho más joven,

Por su parte, Lily decidió que aquella conversación se había vuelto demasiado personal. Los peligros sobre los que le había advertido Dee-Dee eran ya más que obvios, así que entrelazó las manos en el regazo para evitar más familiaridades.

–Tengo que irme –afirmó.

Pero antes de que pudiera agarrar el bolso y ponerse de pie, Rafe volvió a hablar.

—Creí que querías saber por qué fui a visitar a tu padre —dijo.

Lily lo miró de reojo con recelo.

—Me enteré de que al pastor le interesaban los libros antiguos —se apresuró a decir Rafe—. Me ofrecí a prestarle un manuscrito que al parecer escribió Guillermo de Ockham. Habrás oído de él, ¿verdad? El erudito medieval que afirmó que la razón no tenía nada que ver con la fe.

Lily vaciló.

—Nunca pensé que algo así podría interesar a alguien... a alguien...

—¿A alguien como yo? —sugirió Rafe burlón—. Mi tío es sacerdote. Es increíble lo útil que pueden ser sus conocimientos sobre religión.

Capítulo 6

SALIERON del restaurante poco después, y para alivio de Lily, no había ni rastro del fotógrafo.

Y fue bastante agradable caminar junto al muelle hablando de cosas sin importancia. A Lily le agradó saber que a Rafe también le gustaba nadar. Tal y como su padre había dicho, tenía velero propio.

Cuando pasaron por delante del palmeral, Rafe dijo con tono dulce:

–¿Por qué no me enseñas dónde sueles comer?

A Lily la pilló desprevenida.

–Tendría que volver a la agencia –dijo dándose cuenta con una punzada de que Rafe no le había dicho nada sobre su posible implicación en el negocio–. Ya he estado fuera más tiempo del que debería.

–Myers podrá pasar unos cuantos minutos más sin ti –afirmó él poniéndole la mano en la espalda para guiarla hacia el parque. Se detuvo frente a un banco de madera vacío–. ¿Nos sentamos aquí?

Lily vaciló.

–¿Por qué?

–Disfruto de tu compañía –se limitó a decir él–. Y me gustaría estar contigo un poco más. ¿Tan difícil te resulta de creer?

Sí, pero Lily se sentó de todas formas. Y Rafe Oliveira se sentó a su lado. Extendió el brazo en el respaldo del banco, a escasos centímetros de su nuca.

Rafe apretó la mano con gesto convulsivo. La urgencia

de acariciar la suave curva de la piel que tenía cerca de los dedos le resultaba casi irresistible. Se preguntó cómo reaccionaría Lily si deslizara los dedos por los sedosos mechones de pelo que se le habían escapado del moño. Y qué haría si se inclinara y le rozara la piel con los labios. ¿Saldría corriendo?

Seguramente.

Contuvo un gemido. Por el amor de Dios, ¿qué estaba haciendo? Seguramente tenía quince años menos que él, y no deseaba añadir el cargo de asaltacunas a sus demás pecados. Así que dijo lo primero que se le vino a la mente.

–Háblame de Cartagena Charters. Seguramente tú sabes más de la empresa que Myers.

Lily contuvo el aliento, y cuando giró la cabeza para mirarlo, a Rafe no le sorprendió ver la acusación en sus ojos.

–¿Esa es la razón por la que has venido al parque conmigo? –exclamó–. ¿Porque querías hablar de la agencia? ¿El restaurante no era lo bastante privado para ti?

–No seas ridícula –Rafe estaba ahora un poco impaciente–. No creerás en serio que yo haría una cosa así.

–No te conozco. No sé cuáles son tus motivaciones –afirmó Lily con seguridad–. Y no esperarás que vaya a hablar del negocio de Ray contigo. Tal vez sea un poco imprudente en ocasiones, pero hemos trabajado juntos muchos años y no le voy a traicionar.

Se habría puesto de pie, pero Rafe le puso la mano en la rodilla con un gesto tan inesperado que se quedó donde estaba. Y no pudo evitar tampoco que el corazón se le acelerara.

Rafe la miró, consciente de que una vez más había dicho lo que no debía. Lily no confiaba en él y seguramente no creería nada de lo que le dijera.

Ella movió la rodilla bajo sus dedos y Rafe apartó la mano.

–Pienses lo que pienses, estoy interesado en la agencia. Y en mi opinión, tú pareces consciente de lo que está pasando.

Lily aspiró con fuerza el aire. Sabía que si tuviera algún sentido común tendría que levantarse y marcharse antes de que él dijera algo más.

Y antes de dejarse llevar por la tentación de advertirle de que no siempre se podía confiar en que Ray dijera la verdad.

–Preferiría que le preguntaras a Ray cualquier duda que tengas sobre la agencia –afirmó con sequedad–. Por favor, no creas que por invitarme a comer voy a contarte los problemas que pueda tener Ray.

Rafe compuso una mueca cínica. Así que Myers tenía problemas. Se le había escapado.

Por su parte, Lily decidió que ya había hablado bastante. Además, era demasiado consciente del calor de su muslo junto al suyo. Y aunque trató de decirse que le transpiraba la piel por el sol que se filtraba a través de las ramas del árbol bajo el que estaba el banco, lo cierto era que sintió una oleada de calor cuando la miró como lo hizo.

–No quería molestarte –dijo Rafe con voz ronca. Y un escalofrío involuntario le recorrió la espina dorsal–. Olvidé que eres muy joven. Y muy inocente.

–¿Inocente? –Lily lo miró fijamente–. No soy una niña.

–Tal vez sea que pareces muy ingenua a ojos de un hombre como yo.

–¿A qué te refieres? –preguntó ella frunciendo el ceño.

–A mi pasado –Rafe sonrió con tristeza–. Estuve en prisión. Mis abogados tardaron un tiempo en demostrar mi inocencia. No fue el mejor momento de mi vida. Una experiencia así te cambia. Ya no soy el niño ignorante que era cuando salí de Cuba.

Rafe se puso de pie. Aquello se estaba volviendo muy personal.

–Creo que deberías irte, niña –dijo con tono seco. Había utilizado el término niña adrede, para poner distancia entre ellos–. Dile a tu padre que si está interesado le dejaré el texto en los próximos días.

Lily vaciló, pero cuando él le tendió la mano se levantó lentamente del banco.

–¿Ahora quieres librarte de mí? –le preguntó, asombrada de la seguridad con la que estaba hablando a pesar de tener los nervios tan tirantes como cuerdas de violín.

–Me ha gustado mucho hablar contigo –afirmó Rafe con tirantez–. Pero cómo tú misma has dicho hace un momento, Myers debe estar preguntándose dónde estás.

Lily alzó los hombros en gesto despreocupado y Rafe llevó al instante la mirada hacia el escote de su camisa. Echó un vistazo al montículo de sus senos. La curva de encaje de un sujetador nunca le había resultado tan invitadora. Sabía que tenía que marcharse.

Lily era demasiado dulce pero también muy vulnerable, pensó contrariado. Y que el Cielo le perdonara, pero la deseaba. Deseaba a una mujer que era demasiado inmadura para él.

–Tienes razón –dijo ella alzando la mirada hacia la suya–. Y al menos Ray respeta mi opinión.

–¿Qué quieres decir con eso? –Rafe torció el gesto–. No puedo creer que te importe lo que ese idiota piense de ti.

–Ray no es ningún idiota –exclamó Lily a la defensiva–. Me... me cae bien. Estamos bien juntos.

Rafe la miró horrorizado.

–No estarás insinuando que sientes algo por ese hombre. Lily, no quiero hacerte daño, pero tienes mucho que aprender sobre el mundo en general y los hombres en particular.

Lily entreabrió los labios.

–Si estás insinuando que nunca he estado con un hombre... –comenzó a decir. Pero se llevó una mano a la boca como si así pudiera borrar la chiquillada que acababa de decir. Luego alzó la cabeza y trató de mostrarse despreocupada–. En cualquier caso no fue nada del otro mundo.

–Entonces te acostaste con el hombre equivocado –dijo Rafe sintiendo una punzada de irritación.

Se revolvió impaciente, incómodo ante aquella repentina excitación. Y luego se le pasó otro pensamiento por la cabeza.

–Por favor, dime que no fue Myers quien hizo que tengas una opinión tan pobre de los hombres.

–No creo que eso sea asunto tuyo –afirmó ella cortante–. Y ahora, si me disculpas...

Pero Rafe ya había tenido suficiente. Aunque no quería hacerlo, cuando Lily se dio la vuelta para marcharse, la agarró de la muñeca. Sus dedos notaron el calor de su piel y el pulso acelerado.

Y su cerebro registró que estaban prácticamente solos en aquella esquina del parque.

Quería besarla, pensó contrariado. Quería sentir aquella boca suave bajo la suya. Haciendo caso omiso a su conciencia, ignorando todo lo que se había dicho a sí mismo desde que salió de la agencia, frotó la piel suave que tenía virtualmente atrapada en la mano contra la parte inferior de su cuerpo.

Su excitación se endureció al instante. Y sin duda Lily se dio cuenta. El mero roce de aquellos dedos delicados sobre su virilidad le dejó sin aliento. Sintió un calor en la entrepierna que le dejó tenso y vulnerable a la vez. La cuestión de si besarla o no resultaba ahora baladí.

Con un gemido que era en parte de protesta y en parte de alivio, Rafe se dejó llevar por el deseo de saborearla. Lily tenía la boca suave, complaciente y sorprendentemente cálida. Todavía le costaba trabajo respirar, pero la estrechó todavía más entre sus brazos, hundiéndose en su dulce disposición con la lengua hasta que se vio obligado a tomar aliento.

Su sumisión había sido tan increíble como ansiosa, y cuando apartó la boca de la suya hundió el rostro en el espacio que había entre el hombro y el cuello de Lily.

–Por Dios –murmuró Rafe, consciente de que estaba a punto de perder el control. Pero cuando ella exhaló un pequeño gemido y le rodeó el cuello con los brazos, Rafe supo que había caído en su propia trampa.

Al inhalar su aroma, supo que nunca había soñado con dejarse seducir por su juventud y su inexperiencia. ¿Cómo podría haber imaginado que sus labios le excitarían hasta que su cuerpo quedara bañado en su calor?

Consciente de que el fuego que él mismo había encendido amenazaba con quemarle, Rafe le rodeó la nuca con las manos. Sintió la textura sedosa de su cabello entre los dedos y sintió el deseo de seguir besándola. Pero se dijo que aquello era una locura.

–Esto no debería estar pasando –murmuró deslizando la boca por la suave curva de su mejilla.

Hizo un esfuerzo por dar un paso atrás y evitó la confundida mirada que Lily le dirigió.

–Hazme caso: mantente apartada de mí en el futuro –añadió con sequedad–. La próxima vez puede que no sea tan generoso.

Capítulo 7

LILY estaba cenando con su padre un par de noches más tarde cuando escuchó el inconfundible sonido de un coche deteniéndose en la puerta de la vicaría.

Se le secó la boca al instante y el corazón se le aceleró de tal modo que le latía de forma alocada contra la caja torácica. No esperaban ninguna visita, y la única persona que se le ocurría que pudiera aparecer después de anochecer era Rafe Oliveira.

Aunque también podía tratarse de Ray Myers, por supuesto. Era amigo de su padre y a veces aparecía para charlar un rato. Pero dadas las circunstancias le parecía poco probable, ya que apenas había hablado con ella desde que Rafe Oliveira había salido de la agencia.

Por suerte Ray no sabía que había comido con aquel hombre... ni tampoco lo que había sucedido después. A Lily se le erizó la piel. Cuando regresó a la agencia, Ray la culpó al instante por no haberle apoyado y la advirtió de que si las cosas no mejoraban, ella podría quedarse sin trabajo.

Y Lily sabía que no era una amenaza sin fundamento.

Así que si era Rafe tendría que ser educada. Pero, ¿qué estaba haciendo allí? ¿Sería posible que hubiera venido a disculparse? No, seguramente habría traído el manuscrito que le iba a dejar a su padre.

Cuando llamaron a la puerta, su padre se limpió la boca con la servilleta. Luego agarró el plato de gumbo que Dee-Dee había preparado para cenar y se levantó de la mesa.

–Encárgate tú, ¿quieres, Lily? –le pidió irritado. No le gustaba que lo interrumpieran cuando estaba cenando–. A menos que sea una urgencia, di que estoy trabajando. Terminaré de cenar en mi despacho.

A Lily empezó a latirle otra vez el corazón con fuerza cuando fue a abrir. Por insistencia de su padre, se había cambiado hacía un rato los pantalones cortos y la camisa que había llevado al trabajo por un vestido camisero que le llegaba a los tobillos. Ahora se alegraba de tener las temblorosas rodillas ocultas.

Pero cuando abrió la puerta se quedó mirando a la visita sorprendida.

–¡Laura! –exclamó asombrada. Habían pasado años desde que Laura Mathews y ella hablaron por última vez–. ¿Qué estás haciendo aquí?

No era el más cariñoso de los saludos, y Laura torció el gesto.

–Hola –dijo con naturalidad–. Sé que ha pasado mucho tiempo, pero pasaba por aquí y pensé en venir a ver cómo estabas.

Lily estaba todavía pensando qué decir cuando Laura volvió a hablar.

–¿Puedo pasar?

–Eh... claro, por supuesto –Lily se apartó a un lado y Laura entró en el vestíbulo–. Pasa al salón. Voy a preparar café.

–Eso estaría bien –pero en lugar de hacer lo que Lily le había pedido, Laura la siguió hasta la cocina con inoportuna familiaridad–. Este lugar no ha cambiado mucho, ¿verdad?

–¿Te refieres a esta casa o a la isla? –preguntó Lily conteniendo el resentimiento que le producían las palabras de Laura.

–Bueno, a todo en general –respondió la otra chica despreocupadamente–. Me preguntaba si estarías casada.

Lily estaba segura de que no se había preguntado nada semejante, pero se tomó sus palabras al pie de la letra.

–No –dijo apretando los labios mientras el café empezaba a filtrarse–. ¿Y tú?

Laura se sentó en una de las sillas que rodeaban la rayada mesa de pino y se encogió de hombros.

–He tenido algunas ofertas –afirmó–. Pero supongo que soy demasiado exigente –apoyó los brazos en la mesa–. Bueno, ¿y cómo estás? ¿Y tu padre?

–Estamos bien –Lily compuso una sonrisa–. Trabajando duro, como siempre. Lo cierto es que mi padre y yo no nos vemos mucho. Siempre está en su despacho.

–¿Sigue redactando esos sermones sobre el fuego del Infierno? –murmuró Laura burlona–. Me pregunto si asustará a su congregación.

–No creo que sus sermones estén pensados para asustar a nadie –afirmó Lily con tono neutro–. Y tampoco recuerdo que amenazara con el fuego del Infierno.

–Bueno, ya sabes lo que quiero decir –Laura agitó una mano para quitarle importancia al asunto–. Tienes que reconocer que se toma a sí mismo muy en serio, Lily. Grant dice que todos los presbiterianos son así.

–Dudo mucho que Grant Mathews haya pasado suficiente tiempo dentro de una iglesia como para hacer semejante juicio –respondió Lily con aspereza.

No le gustaba que Laura se burlara de su padre, ni la

costumbre que tenía de llamar al suyo por su nombre propio. Le parecía en cierto modo poco respetuoso, aunque tal vez estuviera chapada a la antigua.

–Eh, solo estaba bromeando –Laura le dirigió una mirada reprobatoria a Lily mientras sacaba las tazas del armarito–. Y dime, ¿sigues trabajando en la agencia?

–Sí, así es –reconoció Lily–. ¿Y tú? ¿Has dejado el trabajo que tenías en Nueva York?

–Se puede decir que sí. Estaba aburrida.

Laura hablaba con despreocupación, pero Lily tuvo el repentino presentimiento de que la otra chica no le estaba contando toda la verdad. No quería admitir la auténtica razón por la que había vuelto.

–¿Te vas a quedar mucho? –quiso saber Lily, preguntándose otra vez qué hacia la otra chica ahí.

–No estoy segura –Laura se encogió de hombros–. Pero ya basta de hablar de mí –le dirigió a Lily una extraña mirada especulativa–. Cuéntame qué ha pasado últimamente en la isla. ¿Has conocido a algún hombre excitante recientemente?

Lily se alegró de ver que el café ya estaba listo. Fue a llenar las tazas con el rostro sonrojado.

–¿Por qué lo preguntas?

–Por lo que he oído, no te pasas todo el tiempo trabajando en la agencia ni cuidando de papá.

Había sarcasmo y cierta amargura en sus palabras, y Lily se giró para mirarla con asombro.

–¿Qué has oído?

–Tengo entendido que has estado viendo a nuestro nuevo vecino –comentó Laura entornando los ojos–. No me digas que no sabes de qué te estoy hablando.

Lily alzó la taza con la esperanza de poder servir el café sin derramarlo.

–¿Te refieres al señor Oliveira? –preguntó con naturalidad llenando las tazas con mano firme. Puso una delante de Laura–. ¿Quieres azúcar o leche?

–No, gracias –Laura le dio un sorbo a su café.

–Es un placer.

Pero no lo era. Como le dio la sensación de que Laura tenía pensado quedarse en la cocina, se excusó un instante y llevó una de las tazas al despacho.

–Es Laura Mathews –le dijo a su padre, que pareció asombrado–. Sí, para mí también ha sido una sorpresa.

Cuando regresó a la cocina, Lily sacó el cartón de leche de la nevera y vertió un poco en su café.

–¿De qué va todo esto? –preguntó sentándose al lado de la otra chica en la mesa.

–¿Qué quieres decir? –preguntó a su vez Laura fingiendo ignorancia.

–Por qué estás aquí –dijo Lily con firmeza–. No estás en nuestra lista de visitas frecuentes.

Laura dejó escapar un suspiro. Y luego, tras pensárselo unos minutos, fue directa al grano.

–Háblame del señor Oliveira –le pidió a Lily–. Según tengo entendido, lo conoces bastante bien.

–No –Lily estaba decidida a no dejarse arrastrar–. Creo que está interesado en la agencia, eso es todo.

–¿De verdad? –Laura dejó la taza sobre la mesa y la miró con cierto recelo–. ¿Y qué hacías comiendo con él hace un par de días?

Lily se sonrojó. No pudo evitarlo. Tenía que haber imaginado que un cotilleo tan jugoso no escaparía a las malas lenguas de la isla. Tragó saliva. Solo esperaba que nadie supiera lo que había sucedido después de la comida.

–Sí, comí con él –se dio cuenta de que no tenía sentido negarlo–. Me... me salvó de ser arrollada por un minibús y luego insistió en llevarme a algún sitio donde pudiera sentarme y recuperarme.

–Qué considerado –sonaba como si Laura no la creyera–. No sabía que Oliveira fuera tan galante.

–Creía que tu padre era amigo suyo –dijo Lily con
cierta indecisión.

Laura resopló.

–¿Qué te hace pensar eso?

–Supongo que el hecho de que ahora es el dueño de
Punta Orquídea –Lily frunció el ceño.

–Veo que estás al tanto de la mala suerte que tuvo
Grant en Las Vegas –Laura torció el gesto–. Pero Grant
no le vendió la casa a Oliveira. Se la compró a un hombre que se la ganó a Grant en una partida de póquer
bastante arriesgada.

–Entiendo.

–Bueno, háblame de Oliveira –insistió Laura–. ¿De
qué habéis hablado? ¿Has estado en su casa?

–¡No digas tonterías! –Lily estaba empezando a impacientarse–. Ya te he dicho que apenas lo conozco.
Está interesado en la agencia, no en mí.

–Bueno, si Ray Myers tiene algo de sentido común
hará bien en mantenerse alejado de él –se apresuró a
decir Laura–. Y tú también, Lily. No está a tu alcance.

«Pero sí al tuyo», pensó Lily con perspicacia, preguntándose si aquella era la razón oculta por la que
Laura estaba allí. Para advertirla.

–Bueno, pues muchas gracias –dijo con tono neutro–. Pero ya soy mayorcita para tomar mis propias
decisiones, ¿sabes?

–No, con hombres como él no –respondió Laura–.
Apuesto a que no sabías que tiene una condena por
tráfico de drogas. Por eso se marchó de Nueva York de
forma tan precipitada.

Lily iba a decir que no le habían condenado por
nada, pero eso sería seguirle el juego a Laura.

–Y esa fue también la razón por la que le dejó su mujer –continuó la otra chica con convencimiento–. Aunque he oído que se han estado viendo últimamente. Tal vez le haya perdonado, ¿quién sabe? –le dio otro sorbo a su taza–. Si te he molestado lo siento, Lily, pero tienes que saber con quién te juntas. Si tu padre no tuviera siempre la cabeza metida en los libros se daría cuenta de lo que estás pasando.

–Mi padre no tiene siempre la cabeza metida en los libros –Lily defendió a su padre con fiereza.

–Como sea –respondió Laura con indiferencia–. Pensé que debía advertirte, nada más. Ese hombre no es de fiar.

Rafe pensó dejar el manuscrito que iba a prestarle al padre de Lily en la agencia. Eso le permitiría volver a ver a Lily sin que pareciera que estaba buscando profundizar en su relación. No tenía ningún interés en crear ninguna situación que pudiera resultar difícil si decidía invertir en el negocio.

Al menos aquella era su excusa.

Además, quería volver a ver a Myers. Había recibido el correo electrónico que le pidió con el estado de las cuentas y necesitaba que le aclarara ciertas cifras.

Pero la idea de aparecer allí con semejante pretexto podría parecer forzada. Sería más fácil llevárselo directamente al reverendo Fielding.

Escogió un momento en el que estaba seguro de que Lily se encontraría en el trabajo.

Consultó el reloj cuando aparcó en la vicaría y vio que apenas eran las once de la mañana. Faltaban varias horas para que la agencia cerrara sus puertas para comer. Horas para que Lily regresara a la vicaría.

Pero cuando se dirigió hacia la casa vio a Lily trabajando en el jardín de atrás. Estaba podando algunas
flores marchitas vestida con un chaleco blanco sin
mangas y pantalones cortos de algodón que dejaban al
descubierto la esbeltez de sus piernas. Estaba impresionante. El chaleco revelaba que no llevaba sujetador y
los pantalones cortos eran muy viejos y apenas le cubrían el trasero.

Dios, ¿en qué estaba pensando? Rafe se sintió tentado a darse la vuelta y volver al coche. Pero por alguna
razón, quizá alguna percepción extrasensorial, Lily
alzó la vista en aquel momento y le vio.

Ya era demasiado tarde para echarse atrás.

Capítulo 8

NO HACÍA falta ser adivino para darse cuenta de que Lily se había quedado asombrada. Tenía el rostro sofocado y vio que estaba tirando de los pantalones para cubrirse un poco más.

—¿Qué haces aquí? —exclamó ella mirándolo a través de la anchura del jardín.

Rafe no pudo culparla por hacerse aquella pregunta. Después de todo, él mismo le había dicho que debería evitarle en el futuro.

—Le he traído a tu padre el manuscrito —respondió sin hacer amago de acercarse—. Pensé que estarías en el trabajo.

—Oh —¿fue desilusión lo que escuchó en su voz o solo era su deseo?—. Bueno, papá no está en casa. De vez en cuando celebra servicio en la isla de al lado, San Columba. Se marchó esta mañana y volverá a última hora.

—Entiendo —Rafe pasó el dedo por el envoltorio del manuscrito—. Es una pena. Parece que voy a tener que dejarte este texto a ti.

—O podrías volver mañana —sugirió Lily tensa—. Estoy segura de que a mi padre le gustaría darte personalmente las gracias por tu interés.

Rafe dejó escapar un suspiro de impaciencia ante tanta corrección. ¿De verdad era él el responsable de aquella actitud? Se temía que sí. ¿Y por qué se mostraba tan reacio a darse la vuelta y marcharse si sabía que debería estar agradecido?

El roce de unas telas le hizo mirar hacia atrás. Y se encontró con una mujer indiana que llevaba un vestido multicolor y lo miraba desde el porche.

Debía ser Dee-Dee, pensó recordando lo que Carla le había contado. Alta y un poco rellenita, tenía los ojos marrones más agudos que había visto en su vida. Ahora lo miraban con una mezcla de recelo y cautela.

–¿Necesitas ayuda, niña? –preguntó dirigiendo la mirada hacia la otra mujer.

–No –Lily se quitó con torpeza los guantes de jardinería que llevaba puestos y los dejó sobre el bajo muro de piedra que rodeaba el parterre de flores–. El... el señor Oliveira ya se iba. Le ha traído un libro a papá. ¿Podrías llevártelo tú, Dee-Dee? Tengo las manos sucias.

–Claro.

Dee-Dee bajó del porche y Rafe se vio obligado ponerle el paquete en las manos. Unas manos adornadas con todo tipo de anillos, símbolos pintados en henna y tatuajes que le cubrían las rollizas manos.

–¿Le gusta nuestra isla, señor Oliveira? –preguntó colocándose el paquete debajo del brazo.

–Mucho –respondió él dirigiendo una mirada casi compulsiva hacia Lily–. Es todo un cambio para mí.

–Sí –la mujer lo miró con los ojos entornados–. Cayo Orquídea no se parece en nada a Nueva York. Estoy de acuerdo.

–No –Rafe lamentó que Dee-Dee no se metiera en la casa para que pudiera al menos despedirse de Lily a solas–. Esto es mucho más cálido.

–Supongo que eso depende de si estamos hablando del clima –comentó Dee-Dee con gesto burlón.

Para alivio de Rafe, Lily decidió intervenir.

–No creo que la razón por la que el señor Oliveira decidiera dejar Nueva York sea asunto nuestro, Dee-Dee –aseguró–. ¿Te importa dejar el paquete en el despacho de papá? Así lo verá en cuanto llegue a casa.

–Como quieras –estaba claro que a Dee-Dee no le hacía gracia que la despacharan tan claramente–. Si me necesitas solo tienes que gritar, ¿de acuerdo?

Las dos mujeres intercambiaron una mirada cómplice. Dee-Dee se dio la vuelta y volvió a la casa.

–Tu asistenta no confía en mí –comentó Rafe cuando la indiana desapareció dentro.

–Es muy protectora conmigo, eso es todo –suspiró Lily. Se mordió el labio inferior, y a Rafe le sorprendió una vez más el deseo que sintió de saborear la sedosa textura de su boca–. Y ahora tendrás que disculparme. Llevo todo el día trabajando en el jardín y necesito darme una ducha.

Rafe inclinó la cabeza, atormentado por la imagen de su cuerpo desnudo y del agua cayendo en cascada por sus senos de pezones erectos y sus caderas deliciosamente redondeadas.

Trató de recuperarse y murmuró:

–¿Hay alguna razón por la que no has ido a trabajar a la agencia? –hizo un pausa antes de continuar con más brusquedad–. No me lo digas. Myers te ha despedido por comer conmigo.

–Podría haberlo hecho porque llegué tarde –Lily sacudió la cabeza–. No. Pero cuando mi padre está fuera tiene que haber alguien en la vicaría. Además, he trabajado horas extra esta semana y me debía tiempo libre.

Rafe asintió y se preguntó en qué habría estado trabajando. ¿En una contabilidad en negro, tal vez? Tarde o temprano tendría que hablar con Myers.

–Bueno... –murmuró Lily dando un paso hacia él–.

Si eso es todo... tengo que ir a visitar a uno de los parroquianos de mi padre esta tarde.

Rafe quería decir algo más. En realidad quería pedirle que pasara el resto del día con él, pero prevaleció el sentido común.

–Por favor, dile a tu padre que siento no haberle visto –dijo con educación–. Adiós. Ha sido un placer volver a verte.

Lily estaba sentada en el escritorio de la oficina de la agencia escuchando cómo Ray intentaba justificar la decisión de alquilarle el Santa Lucia a unos clientes a pesar de que los motores necesitaban urgentemente revisión.

El grupo de Boston que había alquilado el barco para una excursión de pesca se había visto obligado a recalar en Bahía Montego cuando uno de los motores falló. Tuvieron que ir renqueando hasta el puerto y de allí tomar un vuelo a Cayo Orquídea desde Jamaica.

Los dos hombres que habían organizado el viaje estaban ahora en la agencia y exigían no solo recuperar su dinero, sino también cobrar los billetes de avión. Lily no podía culparlos por ello.

En su opinión, Ray tenía suerte de que no le pidieran una indemnización ni fueran a presentar cargos contra él.

Lily suspiró. Ray siempre corría riesgos, y normalmente las cosas se volvían en su contra. Como lo de Rafe Oliveira. ¿De verdad pensaba que podría salirse con la suya falsificando los números que le había enviado por correo electrónico?

Se escuchó el sonido de una fuerte palmada en el mostrador y unas cuantas palabras de amenaza. Luego se hizo el silencio. ¿Se habrían ido los hombres o seguirían allí, esperando una respuesta de Ray?

Obtuvo la respuesta unos instantes más tarde, cuando el propio Ray bordeó el biombo y la miró con amargura.

—Malditos idiotas —afirmó con rabia—. ¿Quién demonios se creen que son? Van a volver mañana por su dinero. Si no lo tengo me denunciarán a las autoridades. Podría perder la licencia, ¿qué diablos voy a hacer?

Lily se levantó de la silla y agarró su bolso. No quería hacer leña del árbol caído diciéndole a Ray «te lo advertí».

—¿Por qué no te tomas un respiro? Es la hora de comer, yo voy a ir por un sándwich. Y tú deberías hacer lo mismo. Tal vez te sientas más optimista si llenas los pulmones de aire fresco.

—Lo dudo —murmuró Ray. Pero metió las manos en los bolsillos de los pantalones y pareció estar considerando la sugerencia—. Supongo que una cerveza me vendría bien. ¿Me acompañas?

Lily suspiró. No le apetecía salir de la cargada atmósfera de la agencia para meterse en un bar.

Pero Ray parecía tan mohíno que no fue capaz de decirle que no.

—De acuerdo —accedió—. Pero solo una cerveza. Luego me iré a comer al aire libre. ¿Vamos?

Ray tenía sus dudas sobre si cerrar una hora entera, y seguía hablando de ello cuando entraron en el bar que estaba en la calle de enfrente.

—No hemos tenido ni un solo cliente en toda la mañana, así que no creo que venga nadie —dijo Lily entrando delante de él por la puerta—. Relájate, Ray. Vamos a pensar en alguna manera de resolver tus problemas de dinero.

El bar estaba bastante abarrotado a pesar del calor, y Mac, el anciano escocés que había abierto aquel lugar casi treinta años atrás, había abierto las lamas de las persianas para que el calor y el humo pudieran salir.

Aparte de la barra había una cuantas mesas en el porche de la parte de atrás, pero solían estar ocupadas. Lily se resignó a estar de pie mientras se bebía su vaso de té helado.

–¿No hay posibilidad de conseguir una mesa? –preguntó Ray volviendo a lo que parecía un vodka con tónica, en lugar de la cerveza que ella esperaba–. Vamos a mirar en el porche.

Ray se abrió paso entre la gente congregada alrededor de la barra y Lily se vio obligada a seguirle.

Un arco abovedado llevaba al exterior, donde el sol resultaba tan cegador que Lily se quedó varios segundos parpadeando ante la repentina claridad mientras Ray observaba el porche con ojo práctico. Y entonces, cuando la visión se le aclaró, Lily vio a alguien a quien reconoció al instante. Rafe Oliveira estaba sentado en una mesa al final de la estructura de madera. Iba vestido con camiseta negra y pantalones caqui, y destacaba entre las coloridas camisetas y shorts de los demás clientes.

Como si hubiera presentido su mirada de asombro, Rafe levantó la cabeza en aquel instante y sus ojos se encontraron. Durante unos segundos, Lily fue incapaz de apartar la vista.

–Esto está lleno –murmuró Ray a su lado dándole un generoso sorbo a su copa.

–¿Por qué no vamos a otro sitio? –sugirió Lily entonces girándose para mirarlo. Ahora estaba deseando salir del bar para no tener que volver a lidiar con Rafe Oliveira.

Ray seguía mirando a su alrededor cuando una mano cayó sobre el hombro de Lily. Unos dedos largos le agarraron los finos huesos de debajo del delgado suéter de algodón.

–Qué sorpresa –dijo Rafe controlando la inesperada furia que había surgido en él al verla con el otro hombre–. No esperaba encontraros en un bar. ¿Vais a quedaros a comer? –preguntó apartando el brazo de su hombro a regañadientes al ver que ella se alejaba.

La voz le sonaba perturbadoramente sensual.

–No –Lily tomó la iniciativa–. Nos vamos en cuanto Ray se termine la copa.

–¿Sí? –Ray no podía ser más obtuso–. Lo cierto es que confiábamos encontrar una mesa libre, pero parece que no tenemos suerte.

Rafe torció el gesto. No le gustaba que le pusieran en un brete. Si no se hubiera levantado de su asiento no se vería en aquella posición.

Sabía lo que Myers buscaba, por supuesto. El hombre veía la ocasión como la oportunidad perfecta para fomentar un poco el contacto. Pero lo que Myers no sabía era que Rafe hubiera preferido que Lily no viera con quién estaba.

Era una locura, ya lo sabía, pero no quería que Lily pensara que estaba lo más mínimo interesado en Laura Mathews. Ahora se preguntó por qué diablos había accedido siquiera a quedar con ella.

Pero evitar el problema con Laura habría dado a entender que tenía un plan oculto. Así que dijo con tono tirante:

–¿Queréis venir a mi mesa? Tengo compañía, pero seguro que a ella no le importa.

Lily deseaba con todas sus ganas rechazar la invitación. Antes se mostraba reacia a quedarse, pero ahora, al escuchar a Oliveira decir que estaba con una mujer, la situación le parecía todavía más insostenible.

Se preguntó quién podía ser, y no pudo evitar recordar la advertencia de Laura. ¿Se trataría tal vez de su exmujer? ¿Le habría seguido ella hasta la isla? Dios, ¿por qué había pensado que ir a tomar algo con Ray sería pan comido? Ahora se vería forzada a mostrarse educada con una mujer con la que Rafe seguramente se estaría acostando.

–Eso es muy amable por tu parte –se apresuró a decir Ray–. De hecho me alegro de tener la oportunidad de hablar contigo sobre las cifras que te envíe. No están completas, ¿sabes?

–Nunca mezclo los negocios con el placer –dijo Rafe con tirantez. Y luego deseó haber utilizado otras palabras. Tomar algo a la hora de comer con la hija de Grant Mathews no podía considerarse un placer–. Mi mesa está ahí.

Ray se fijó en la expresión de Lily cuando se vio forzada a seguir a los dos hombres hacia el porche y alzó las cejas para mirarla con gesto inquisitivo.

–Cinco minutos. No pienso quedarme ni un instante más –susurró ella por toda respuesta.

Rafe miró hacia atrás en aquel instante y una vez más Lily se cruzó con su mirada taciturna. Tuvo que reconocer que tampoco parecía complacido de que se unieran a ellos.

Ray le dio de pronto un codazo que a punto estuvo de hacerle derramar el té que le quedaba.

–Mira eso –murmuró–. Mira con quién está. Con la mismísima Laura Mathews. Dios mío, qué poco ha tardado en echarle el anzuelo.

Capítulo 9

¡LAURA!

Lily se detuvo en seco. La acompañante de Rafe era Laura Mathews. No su mujer, no alguna mujer que hubiera llevado a Cayo Orquídea; ni siquiera alguien que Lily no conociera y que Rafe hubiera conocido estando allí. Nada menos que Laura Mathews. Como Ray había dicho, no había perdido el tiempo.

Lily no podía asimilarlo. Le resultaba inconcebible después del modo en que la otra chica le había advertido que se mantuviera alejada de él. Y sin embargo allí estaba Laura, vestida con una elegante blusa de seda y pantalones piratas, tomándose un cóctel como si no tuviera ninguna preocupación en el mundo.

–Vamos –Ray se estaba impacientando, así que agarró a Lily del brazo y tiró de ella hacia delante–. Conoces a Laura, ¿verdad? Recuerdo que antes erais amigas.

Antes, aquella era la palabra clave, pensó Lily con amargura recordando la visita de Laura a la vicaría. Estaba claro que tenía sus propios planes.

Rafe se detuvo al lado de la limpia mesa de pino en la que estaba sentada su acompañante, y Laura se giró para dirigirle una sonrisa cálida. Seguramente no sonreiría si supiera que había invitado a los otros dos a unirse a ellos, pensó Rafe agarrando su vaso de cerveza para darle un buen sorbo.

Consciente de que Lily estaba detrás de él, dijo con tono seco:

–He invitado a unos conocidos que me he encontrado a unirse a nosotros, Laura. Espero que no te importe.

–¿Unos conocidos? –Laura frunció el ceño. Quedaba claro que la idea no le entusiasmaba–. ¿Quién? –preguntó con irritación.

–Ya lo verás –dijo Rafe apartándose a un lado. Entonces vio cómo a Laura se le descomponía el gesto al ver a la otra chica.

–Laura Fielding –murmuró entre dientes.

–¿La conoces? –preguntó Rafe.

Laura forzó una sonrisa.

–Por supuesto. Encantada de volver a verte, Lily.

–¿Ah, sí?

Lily no se mostró en absoluto entusiasta, y Rafe fue consciente de que subyacía algo por debajo que no fue capaz de descifrar.

–¿Por qué no nos sentamos? –sugirió cuando llegó el camarero a tomarles nota–. ¿Te pido otro té? –le preguntó a Lily al ver que casi no le quedaba.

–No, gracias –muy a su pesar, Lily se sentó al lado de Laura–. No me voy a quedar mucho rato.

Rafe apretó los labios pero no dijo nada. Pidió otra piña colada para Laura, un vodka con tónica para Ray y una cerveza para él. Lily miró a la otra chica con ojos entornados.

–Qué raro verte aquí, Laura –dijo–. Al principio pensé que la acompañante de Rafe debía ser su mujer, sobre todo porque cuando hablamos me diste la impresión de que no lo conocías.

–Debiste entenderme mal –respondió Laura con frialdad. Y cuando llegó su bebida, ocultó el rostro detrás del vaso.

–Está claro que sí. Lo siento si Ray y yo hemos interrumpido algo.

Se giró para mirar a Rafe, y él apretó los labios.

–El padre de Laura era antes el dueño de Punta Orquídea –afirmó, aunque estaba seguro de que Lily ya conocía aquel dato–. Me estaba contando la historia de la casa.

–¿De verdad? –A Lily le impresionó lo relajada que sonaba a pesar del nudo que tenía en el estómago–. ¿Te ha enviado tu padre para allanar el terreno, Laura?

Rafe pensó que era una suerte no tener una copa de vino en la mano en aquel momento. Podría haberla roto entre los dedos. Decidió que tenía que apaciguar la situación, así que dijo:

–He quedado con Laura a tomar algo porque ha venido a casa un par de veces y yo estaba ocupado –afirmó con sequedad–. Y para que conste, yo no estoy casado.

Lily se encogió de hombros.

–Lo siento –dijo, aunque no lo parecía–. ¿El padre de Laura es amigo tuyo?

«No», pensó Rafe con amargura. Pero antes de que pudiera hablar, Myers decidió intervenir.

–Vamos, Lily –dijo–. Eso es información privilegiada –hizo una pausa y luego añadió–, aunque he oído que tu padre estaba atravesando ciertas dificultades económicas, Laura.

Laura estaba que echaba humo. Y aunque Lily no tenía ningún motivo para sentir lástima de ella, no podía permitir que Ray fuera por ahí.

–Todos tenemos problemas económicos en algún momento –dijo en tono de advertencia–. Ya lo sabes.

Laura resopló.

–No necesito que me defiendas, Lily. Y aunque es verdad que quería saber la opinión de Rafe sobre las posibles inversiones de mi padre, esa no es la única razón por la que estoy aquí.

Lily estaba convencida de ello. Miró a Ray, que ya iba por la segunda copa, y supo que era cuestión de tiempo que volviera a sacar el tema de las cuentas de la agencia. No quería formar parte de las mentiras que tuviera pensado contarle a Rafe.

—Bueno, creo que tengo que irme —dijo antes de que la conversación se volviera más general—. Tengo que ir a comprar algunas cosas antes de volver al trabajo y a Ray no le gusta dejar la agencia cerrada demasiado tiempo, ¿verdad, Ray?

Ray apretó las mandíbulas, sin duda quería pedirle que se quedara y lo apoyara, pero tenía las manos atadas. Se limitó a asentir con la cabeza.

—Adiós, Laura, adiós, Rafe —se despidió Lily antes de salir a toda prisa del porche y dirigirse hacia la salida del bar.

Se alegraba de marcharse. Sabía que si se hubiera quedado un rato más podría haber dicho algo de que lo se arrepentiría.

Fue consciente de que había alguien detrás de ella cuando salió a la calle y sintió la luz del sol. Pensó que era otro cliente del bar, y siguió caminando por la calle.

Pero cuando se detuvo para cruzar se dio cuenta de que era Oliveira quien la seguía.

—Hola otra vez —dijo él mirándola a los ojos con gesto inquisitivo—. ¿Podrías decirme a qué ha venido todo eso?

Lily dejó escapar un suspiro nervioso.

—No sé a qué te refieres.

—Creo que sí.

Rafe miró hacia la calle en ambas direcciones y luego la agarró del antebrazo para cruzar. Lily se zafó casi al instante, pero eso no evitó que la piel se le erizara allí donde la había tocado.

Y Rafe no había terminado.

—¿Qué te ha contado Laura de mí? —le preguntó—. ¿Y qué te ha dicho de su padre?

—Laura no hablaría de su padre conmigo —respondió ella con indiferencia caminando hacia el puesto de sándwiches—. Nos movemos en círculos distintos.

Rafe sacudió la cabeza.

—Por lo que he visto no os caéis muy bien. ¿Tiene su padre algo que ver?

Lily le miró de reojo.

—Apenas conozco a Grant Mathews.

Rafe torció el gesto.

—Conoces a su hija. Y lo que no entiendo es por qué ella tiene que ir contando mentiras sobre mí.

—Oh, por favor —Lily había llegado al quiosco y se dio la vuelta para mirarlo con hostilidad—. No finjas que no sabes lo que está haciendo. A Laura le gusta dejar clara su posición de ganadora y tú acabas de confirmarle el puesto.

Lily habló con frialdad y con tono despectivo, y Rafe se enfadó.

—Estás equivocada.

—¿Ah, sí? Vaya, parece que hoy me estoy equivocando mucho —Lily resopló—. Creo que es hora de que vuelvas con tu acompañante. La tienes un poco descuidada.

—No seas tonta, Lily —le espetó Rafe—. Laura Mathews no significa nada para mí.

—Tal vez deberías decírselo a ella.

Rafe apretó las mandíbulas, y cuando volvió a hablar lo hizo de un modo más controlado.

–¿Crees que me importa lo que piense? Esa mujer lleva más de una semana intentando hablar conmigo. Y hoy... bueno, hoy decidí verla –no le dio las razones–. Estaba a punto de decirme lo que quiere cuando os vi a Myers y a ti.

–Siento haberte molestado –Lily seguía molesta, y Rafe maldijo entre dientes.

–Sí, por supuesto que me has molestado. Pero no del modo que piensas. ¿Cómo crees que me sentí al verte con ese estúpido? Ese tipo es un idiota. Puedes encontrar a alguien mejor.

Lily contuvo el aliento.

–Con quien yo salga o deje de salir no es asunto tuyo –Lily bajó la cabeza para buscar la cartera en el bolso–. Ni siquiera somos amigos. Y ahora, si me disculpas, voy a comprarme un sándwich para comer.

Rafe dejó escapar el aire de los pulmones con gesto cansado.

–Lily, por favor. No me trates como a un extraño. Soy consciente de que puedo haberte ofendido, así que déjame arreglarlo invitándote a comer.

–¿Otra vez? No, gracias –Lily miró su cara morena y sintió el incontrolable impulso de rendirse–. Además, ¿qué pasa con tu acompañante?

–Que Myers se ocupe de ella –respondió Rafe al instante al notar su vacilación–. ¡Vamos! Conozco el sitio perfecto para comer.

Lily sintió una punzada de emoción cuando Rafe la llevó hasta donde tenía aparcado el coche.

–No puedo tardar mucho –protestó cuando él le abrió la puerta del copiloto–. ¿Dónde vamos?

–No muy lejos –respondió Rafe colocándose detrás del volante del Lexus–. Hay un café en Cayo Coral que creo que tiene un marisco excelente.

Lily seguía dudando, pero al parecer Rafe se había tomado su silencio como un «sí».

Salieron del aparcamiento y Rafe giró en dirección opuesta a la ciudad hacia la carretera del acantilado. Cuando giraron por un camino que pasaba por delante de la villa pescadora de Cayo Coral, las reservas de Lily volvieron a surgir.

—Este es el camino de Punta Orquídea –protestó mirándole horrorizada–. No voy a ir a tu casa.

—¿Por qué no?

—Porque... porque es inapropiado –hizo una breve pausa–. Quiero que me lleves a la ciudad ahora mismo.

Rafe suspiró.

—Pensé que te gustaría ver la reforma que he hecho en la casa. Y podemos tomar un sándwich ahí sin miedo a que nos interrumpan.

Habían llegado a la propiedad, y las puertas se abrieron. El camino llevaba a una villa pintada de blanco con un porche de columnas y una baranda que rodeaba toda la casa. Lily no pudo evitar admirar la elegancia de la construcción.

Se fijó en que había flores por todas partes, cayendo en exótica confusión desde los balcones situados encima del porche.

—Entonces –dijo Rafe deteniendo el coche–, ¿puedo tentarte?

Lily contuvo la respiración y salió a regañadientes del vehículo. ¿Acaso no sabía que ya la tentaba sin necesidad de invitarla a comer? Por supuesto que lo sabía. Y seguramente por eso había utilizado aquella frase en particular.

—¿Tentarme a comer contigo? –preguntó ella.

Rafe asintió con gesto cínico mientras se bajaba y rodeaba el coche para reunirse con Lily.

–He oído que la casa es tuya. ¿Y vives aquí solo? –quiso saber ella.

–No. Necesito personal para que este lugar funcione. Entra y te presentaré a mi asistenta interna, Carla Samuels. Tal vez ella te pueda garantizar que estás completamente a salvo conmigo.

Capítulo 10

ENTRARON en la casa a través de un vestíbulo con ventanales que daba a una zona de recepción muy luminosa. Era un espacio muy amplio con suelo de baldosa y más flores que decoraban una mesa circular grande que había en el centro.

Los ojos de Lily se dirigieron al instante a la escalera de caracol de piedra que llevaba a la planta superior. No pudo evitar preguntarse cuál de las muchas habitaciones que daban al rellano era la de Rafe.

Cruzaron el hall y llegaron a un bonito salón con vistas a la bahía. Era una estancia de proporciones generosas, con varios sofás confortables y sillas de cuero marrón. El suelo de terrazo estaba cubierto por alfombras chinas y había muebles oscuros llenos de libros y objetos de arte en las paredes.

—Carla nos traerá algo de comer —dijo Rafe mientras Lily se dirigía al patio en sombra que había al otro lado de las puertas de cristal.

—Oh, pero... —comenzó a decir ella mirándolo alarmada.

—No quieres quedarte mucho rato, ya lo sé —terminó por ella Rafe—. Solo dame un minuto, ¿vale?

Volvió a desaparecer en el vestíbulo de entrada y Lily aprovechó la ausencia de su anfitrión para salir al patio.

Había una piscina que añadía color a los azulejos

color cremoso y un emparrado. Podía aspirar el aroma de la lavanda y el jazmín, e incluso el calor parecía atemperado por la brisa del mar.

En la mesa de teca situada bajo el toldo había unos manteles individuales de arpillera y un enfriador de vino.

Rafe salió de la casa en aquel momento, sorprendiéndola un poco.

–¿Comemos aquí fuera? Carla está preparando una ensalada –salió un poco más y le mostró la botella de vino que llevaba en la mano–. ¿Quieres una copa de vino?

Lily no estaba muy por la labor, pero habría sido de mala educación negarse.

–Solo un poco –dijo.

Rafe volvió a entrar en la casa y salió a los pocos minutos con dos copas. Las dejó sobre la mesa y descorchó la botella.

La mujer que les sirvió la comida era pequeña, rolliza y alegre. Cuando Rafe se la presentó le ofreció a Lily una sonrisa generosa y un tanto curiosa.

–Disfruten de la comida –dijo antes de marcharse.

A pesar de ser consciente de que Rafe pasaba más tiempo mirándola que comiendo, Lily disfrutó de la deliciosa ensalada. Incluso se tomó dos copas de vino antes de dejar a un lado la servilleta y recostarse saciada en la silla.

–Cuéntame por qué escogiste venir a Cayo Orquídea –le pidió Lily para iniciar una conversación–. ¿Por qué no Jamaica, Las Barbados o alguna de las islas más grandes?

Rafe se encogió de hombros.

–Compré una casa. Esta. Y unas tierras –retiró la silla hacia atrás–. Ven. Hay algo que quiero enseñarte. Serán solo cinco minutos.

Lily insistió en llevarse el bolso con ella para marcharse inmediatamente después. Pero cuando estaban cruzando el vestíbulo de mármol salió un hombre de la parte de atrás de la casa y avanzó hacia ellos.

Era alto y de constitución fuerte, con pelo canoso, ojos azules y una expresión amable. Lily pensó que Rafe tenía suerte de trabajar con gente tan agradable.

–Hola, señor Oliveira –saludó el hombre–. ¿Tiene un momento?

Rafe apretó los labios.

–¿Es urgente?

El hombre asintió.

–Me temo que sí.

–De acuerdo –Rafe se giró hacia Lily–. Este es mi asistente, Steve Bellamy. ¿Nos disculpas un momento?

–Por supuesto –aunque Lily era consciente de que eran casi las tres–. Eh... ¿puedo pasar al baño?

Rafe le mostró dónde estaba y luego se unió a Steve, que le estaba esperando en su despacho.

–Pensé que le interesaría saber quién era el hombre que le estaba siguiendo el otro día –dijo su asistente–. Se llama Sawyer y trabaja para una agencia de detectives de Nueva York.

–¿Nueva York? –Rafe se lo quedó mirando–. Entonces, ¿sabes quién lo contrató?

–Sí –Steve asintió satisfecho–. Lo contrató alguien llamado señora Frances.

–No conozco a nadie con ese nombre.

–Sí –Steve volvió a asentir–. Usted me contó que su ex se llamaba Sarah Frances Hilton de soltera.

El baño era tan elegante como el resto de la casa. Cuando Lily salió se encontró con Rafe esperando fuera.

Al ver que empezaba a subir las escaleras, Lily vaciló, pero, ¿qué esperaba que hiciera Rafe? Ni que fuera a llevarla a su dormitorio a hacerle el amor de forma apasionada.

Por muy tentadora que fuera la idea.

—¿Vienes? —le preguntó Rafe mirándola desde el rellano.

—La casa tiene un estilo muy español —comentó Lily mientras subía las escaleras para intentar distraerse—. Es muy bonita. ¿Y vives aquí solo?

Rafe compuso una mueca.

—No tengo una amante escondida en el sótano, si eso es lo que sugieres —respondió—. Ya te dije que estuve casado y no tengo ninguna prisa en colocar a otra mujer en su lugar. Vamos, date prisa —le pidió con impaciencia mostrándole un pasillo que había a la izquierda.

A pesar de que todavía le quedaba algún recelo, Lily siguió a Rafe a lo largo de un ancho corredor donde había unas ventanas abiertas de par en par hacia el cálido aire exterior. Podía oler las flores, ver las ramas de jacarandas balanceándose bajo la lánguida brisa y escuchar el sonido de las olas rompiendo contra las rocas que había abajo.

—Está claro que no te importa el calor —dijo Lily señalando las ventanas abiertas.

Rafe sonrió con indolencia.

—Cuando era pequeño y estaba en casa de mi abuelo en la Habana corría por ahí medio desnudo. No había aire acondicionado.

Lily sintió alivio cuando llegaron a la puerta doble que marcaba el final del pasillo. Rafe la abrió y le hizo un gesto para que pasara por delante de él a la habitación que había al otro lado.

Lo primero que pensó Lily fue que era un dormitorio. Tal vez el de Rafe, a juzgar por lo masculina que era la colcha que cubría la enorme cama y el tono sombrío de la pared que quedaba atrás. Pero la mirada se le fue casi al instante hacia las ventanas que rodeaban tres muros de la estancia. Y la vista desde aquellos enormes ventanales era impresionante. Ocupaba al menos la mitad de la costa de la isla.

—Oh, Dios mío —susurró. Y aunque al principio había entrado vacilante, ahora Lily cruzó casi corriendo la habitación.

—La vista es increíble, ¿verdad? —murmuró Rafe dejándose llevar por el deseo de quedarse a su lado y compartir su alegría.

—Es fantástica —reconoció ella, consciente de pronto de que Rafe había cerrado la puerta y que tenía el brazo desnudo a escasos centímetros del suyo. Se le puso la piel de gallina al sentir su mirada insistente quemándole la piel.

Pero para su alivio, Rafe se echó a un lado y abrió el ventanal que daba a un balcón. Las vaporosas cortinas blancas se agitaron cuando salió y apoyó las manos en la barandilla de hierro.

Lily deseaba con toda su alma unirse a él, volver a sentir el escalofrío que había experimentado al estar tan cerca. Pero cuando miró la cama que tenía a la espalda, le dio miedo lo que podía llegar a pasar.

Así que se apartó de los ventanales y se dedicó a mirar la habitación con curiosidad. Había un interruptor al lado de la cama que decía «TV», y al ver que Rafe seguía en el balcón, no pudo resistirse a experimentar. Para su asombro, una enorme pantalla salió de una base que había a los pies de la cama y volvió a desaparecer cuando volvió a pulsar el botón.

—¿Te estás divirtiendo? —le preguntó su anfitrión.

Y Lily se dio cuenta entonces de que Rafe había entrado y la estaba mirando.

—Tenía curiosidad —admitió—. ¿Te importa?

–Bueno, se me ocurren otras maneras de usar esa cama –comentó Rafe medio en broma.

Y al instante se arrepintió por permitir que la libido gobernara sus palabras.

Lily se quedó de pronto sin aliento, no era capaz de pensar con mucha claridad. Por eso dijo:

–Supongo que a mí también se me ocurren otras cosas

–¿Ah, sí? –Rafe estaba más cerca de lo que pensaba, el aroma masculino de su cuerpo la envolvía con un halo sensual–. Y dime, ¿qué tienes en mente?

–Oh –Lily trató de tomar aliento–. Ya sabes: descansar, dormir, ese tipo de cosas –murmuró con escasa convicción.

–¿Eso es todo? –insistió él con voz ronca. Lily dio un respingo instantáneo cuando le tomó un mechón de pelo rubio entre los dedos–. No me creo que lo único que se te ocurra hacer en esta cama sea descansar o dormir. A menos que no tengas ninguna imaginación.

A Lily le molestó la broma.

–Por supuesto que tengo imaginación –afirmó. Aunque le costaba trabajo mantenerse centrada teniéndole tan cerca porque le daban escalofríos en la espina dorsal–. No soy idiota... pero el sexo no es una parte habitual de mi vocabulario.

–¿Y del mío sí? –le preguntó Rafe con tono duro.

–No he dicho eso –Lily se revolvió algo incómoda–. Aquí hace muchísimo calor, ¿no?

Rafe la miró sin ninguna simpatía.

–No más que antes –torció el gesto–. ¿Tienes miedo de estar aquí sola conmigo?

–Sí. ¡No! –Lily sacudió la cabeza–. Esto es absurdo. No sé qué quieres que diga.

–Supongo que quería que dijeras que estabas pensando en hacer el amor conmigo en lugar de descansar o dormir –afirmó Rafe con sequedad. Y al instante se arrepintió de sus palabras.

Había jurado que no tendría una relación con nadie. Y sin embargo allí estaba, había llevado a su casa a una mujer joven y deseable y la culpaba de su propia e incontrolable atracción.

Rafe se apartó bruscamente y se pasó la mano por el pelo con gesto impaciente.

–Lo siento –murmuró–. Me temo que soy yo quien tengo demasiada imaginación.

Lily se lo quedó mirando y trató de asimilar lo que le estaba diciendo.

–Por si no te acuerdas, me dijiste que me mantuviera alejada de ti –le recordó con suavidad–. De hecho dijiste que sería mejor que no nos volviéramos a ver.

–Mentí –reconoció Rafe con honestidad–. Y si no recuerdo mal, lo que dije fue que la próxima vez no iba a ser tan generoso –se encogió de hombros–. Pero da igual. Vamos, te llevaré de regreso a Cayo Orquídea.

–Espera.

Lily le puso una mano en el brazo desnudo cuando iba a darse la vuelta. Había algo tremendamente íntimo en tocarle así. El calor la envolvió, y también sintió que se le derretía la parte inferior del cuerpo. El magnetismo de Rafe la atrapaba como el fuego y encendía un deseo dentro de ella, un deseo que nunca antes había experimentado.

–¿Qué has querido decir? –le preguntó siguiendo un impulso–. ¿Has cambiado de opinión? ¿Querías volver a verme? –aspiró el aire con cierto temblor–. ¿Es esa la auténtica razón por la que me has traído aquí?

Rafe reaccionó con violencia.

–¡Dios, no! –exclamó furioso. Movió el brazo para

soltarse y la miró con rabia–. Te he traído aquí porque quería enseñarte las vistas. Nada más.

–Bueno, solo intento entender por qué pensabas que no debíamos volver a vernos –respondió Lily con firmeza aunque tenía el pulso acelerado.

–¿Qué? –Rafe maldijo entre dientes–. No eres tan ingenua, Lily –murmuró pasándose la mano por la nuca mientras agitaba la cabeza–. Sabes tan bien como yo que soy demasiado mayor para ti. ¿Cuántos años tienes? ¿Veintidós? ¿Veintitrés?

–Veinticuatro –le corrigió ella–. Si no te sientes atraído hacia mí no tienes que poner excusas tontas.

–¿Excusas tontas? –gimió Rafe–. Te he traído a mi casa porque disfruto de tu compañía, Lily. Porque tú me haces creer que hay vida después de la autodestrucción.

–¿Autodestrucción? –Lily parpadeó–. ¿La de quién?

–La mía, por supuesto –dijo Rafe con aspereza cerrando los ojos para no ver el gesto de confusión de Lily–. No me mires así. No soy un suicida, pero no voy a negar que han sido un par de años difíciles.

–Oh, Rafe...

Lily no sabía si lo que estaba a punto de hacer era lo correcto o lo sensato. Actuando puramente por instinto, salvó el espacio que había entre ellos y le rodeó la cintura con los brazos.

Luego apoyó el rostro contra la solida calidez de su pecho y susurró:

–Siento haber dicho algo que te haya hecho pensar que no quería venir –ladeó la cabeza para mirarlo–. Quería venir. No sé si soy demasiado joven para ti o no, pero me siento atraída hacia ti.

Capítulo 11

RAFE se sintió tentado, pero no hizo amago de devolverle el abrazo. Aunque el calor sensual de su delicado cuerpo apretado contra el suyo estaba provocando locuras en su equilibrio. La cálida respiración de Lily se mezclaba con el tentador aroma de su cuerpo, una delicada fragancia floral que le recordaba a la última vez que la había tocado.

Y al recordar aquella ocasión sintió cómo su virilidad se endurecía contra la suave curva de su vientre. Dios. La deseaba, pensó angustiado. No recordaba haber deseado nunca tanto a ninguna mujer.

–Lily –gimió haciendo un esfuerzo para controlarse–. No sabes lo que estás haciendo.

Lily pensó que tal vez tuviera razón. Pero no podía negar la excitación que le producía saber que él la deseaba. Eso hacía surgir su propia excitación.

Le apartó las manos de la espalda y se las subió por el pecho de manera sinuosa y se las posó en el cuello con una sensualidad innata.

–¿Qué pasa? –le preguntó con voz ronca dándole un suave beso en la comisura de los labios–. ¿Te he sorprendido? –una sonrisa asomó a sus labios–. Vaya, eso es una novedad.

Se había sorprendido a sí misma, pensó Lily. ¿Quién habría pensado que pudiera ser tan provocadora? Con creciente confianza, permitió que sus labios se deslizaran por los suyos y disfrutó del placer que eso provocó en ella.

Rafe gimió. Sabía que se arrepentiría de lo que estaba a punto de hacer, pero no podía resistirse.

Le subió la mano a los hombros y le apartó el amplio cuello del suéter con los pulgares para rozarle el hombro desnudo con la boca.

Sabía a mujer, a calor y a éxtasis. El pulso le latía en la base del cuello de forma tan errática como a él. Tenía la piel deliciosamente húmeda.

Rafe se moría por ver más. Subió las manos para alzarle el suéter por los senos. El canalillo que los separaba incitó aún más su deseo y se detuvo un momento para saborearla.

La barba incipiente de Rafe le rascaba la delicada piel y Lily se estremeció, pero no hizo amago de detenerle. Simplemente suspiró cuando le desabrochó el sujetador y dejó al descubierto sus senos.

Dios mío, era deliciosa, gimió Rafe para sus adentros. El pezón se le endureció al instante contra la mano. Su vulnerabilidad le encantaba y le avergonzaba al mismo tiempo, pero eso no impidió que finalmente tomara posesión de su boca.

Y ahí fue cuando cesó todo pensamiento coherente. Más tarde se reprendió a sí mismo porque tendría que haber recordado lo deseable y sexy que la había encontrado aquel día en el parque. Entonces le costó un mundo mantener la cabeza fría estando a su lado. Allí, en la intimidad de su dormitorio, no tuvo ningún arma para defenderse contra su atractivo sensual.

Lily abrió la boca bajo la suya. Era dulce y también ardientemente apasionada. Rafe estaba fuera de control, pero ella también. La punta de la lengua de Lily se enredó con la suya cuando le entreabrió los labios. Y como si fuera un nadador atrapado en una corriente traicionera, le arrastró al instante a sus profundidades.

Rafe no trató de luchar contra aquella marea de sensaciones. Lily tenía las manos entrelazadas en su húmeda nuca y el cuerpo apretado contra el suyo, y Rafe no tenía modo de ocultar lo que estaba haciendo con él.

Su erección se le clavaba en el vientre, y cuando Lily se puso de puntillas para acomodarse a su cuerpo, Rafe giró las caderas contra ella en un intento de calmar su dolorosa erección.

Lily echó la cabeza hacia atrás. Rafe le había puesto ahora las manos detrás, cubriéndole el trasero y apretándola contra su sexo. Sentía el cuerpo ligero, sin peso, pero los huesos continuaban sosteniéndola a pesar de que podría jurar que se le habían derretido.

Rafe le succionó un seno mordisqueándole el pezón antes de introducírselo en la boca. La barba incipiente le resultó áspera, pero disfrutó de la sensación aunque le dejó marcas rojas en la piel.

–Lo siento mucho –dijo él con tono ronco, pero Lily no le permitió retirarse. Le sostuvo la cabeza y recibió encantada la dulce molestia mientras Rafe perdía el control.

Colocó las manos sobre sus caderas y sintió lo delicados que eran sus huesos. Cuando le deslizó los dedos en los pantalones cortos sintió la piel suave y sedosa de sus caderas. Le bajó los shorts y las braguitas de encaje por los muslos conteniendo el aliento.

–Así está mucho mejor –murmuró mirando los rizos de vello rubio que asomaban por encima del borde de seda y algodón–. Eres preciosa.

Lily lo miró y sintió que se le iba a salir el corazón del pecho porque le latía salvajemente. Entonces, cuando la boca de Rafe buscó otra vez la suya, hurgó bajo su camisa para extender las palmas sobre los fuertes músculos de su pecho.

Rafe gimió con agonía. Apartó la boca un instante de la suya para sacarse la camisa por la cabeza. La intimidad de su torso desnudo apretado contra sus senos dejó a Lily sin aliento, y se tambaleó un poco mareada cuando la tensión sensual se apoderó de ella.

–Te deseo –murmuró Rafe tirando la camisa–. No sabes cuánto te deseo.

–Creo que sí –susurró ella, asombrada al no sentir vergüenza por estar allí de pie prácticamente desnuda delante de él. Le deslizó un dedo experto por el duro risco que se alzaba contra la cremallera–. ¿Puedo ver?

Rafe la miró a los ojos. Tenía la mirada en llamas. Con dedos algo temblorosos, se desabrochó el botón de los pantalones y se bajó la cremallera. Luego los bajó hasta los tobillos. La erección se apretaba contra los bóxer de seda verde oscuro.

Escuchó cómo Lily contenía el aliento al mirarlo, y él también contuvo la respiración cuando le acarició a través de la fina tela.

–Cariño... –murmuró consciente de que había perdido casi por completo el control.

Pero Lily le puso un dedo en los labios para silenciar sus protestas.

Había una perla de humedad en la gruesa punta de su erección, y aunque Lily no había hecho nunca algo así, se inclinó para quitarla con la lengua.

–Dios –gimió Rafe estremeciéndose ante aquella inocente estimulación–. ¿Quieres que me pierda por completo?

Lily alzó la cabeza y lo miró. Luego alzó despacio una pierna y le acarició la tibia con la planta del pie.

–Te deseo –murmuró con voz ronca, consciente de cómo se estaba abriendo a él.

Y Rafe se detuvo solo lo justo para bajarle los pantalones cortos por las piernas antes de tomarla en brazos.

Lily le rodeó la cintura con las piernas cuando la levantó, y cuando cayeron en la cama Rafe sintió cómo su calor derretía la duda en él. Deslizó la mano entre sus cuerpos y vio que ella tenía la esencia húmeda. Le abrió suavemente los pliegues hasta llegar a su fuente palpitante.

Lily gimió mientras la acariciaba. Retorcía y arqueaba el cuerpo bajo el suyo movida por unas sensaciones que nunca antes había experimentado. Se dio cuenta de que aunque presumía de tener experiencia, nunca había vivido nada parecido a lo que Rafe estaba despertando en ella. Y al sentir aquel repentino clímax que la tomó por sorpresa, lo único que pudo hacer fue agarrarse a él en salvaje abandono.

Sentía ahora la fuerte erección apretada contra el vientre, y Rafe pasó de lamerle los pezones a besarle la boca tomando posesión de ella. La besó apasionadamente, con ansia, el calor de su lengua exploraba y expandía su deseo.

Lily creía que ya había experimentado la pasión, pero se dio cuenta de que Rafe no había hecho más que empezar.

Apenas podía respirar cuando se colocó encima de ella.

–Por favor –suspiró hundiéndole desesperadamente los dedos en el pelo–. Por favor, Rafe, me estás matando.

–¿Estás segura de que esto es lo que quieres? –le preguntó Rafe vacilante, preguntándose qué haría si Lily cambiaba de opinión. Volverse loco, pensó. Aullar a la luna de pura frustración.

–Estoy segura –Lily jadeó cuando le succionó el cuello, dejándole una marca–. Te deseo. Te deseo.

–Te creo –murmuró Rafe retirándose un poco para abrirle las piernas.

Lily no pudo evitar estremecerse con un poco de aprensión cuando entró en ella con urgencia.

Contuvo el aliento al sentir que invadía su cuerpo. Creía que estaba lista, pero nada podría haberla preparado para el tamaño y la fuerza de Rafe. Sus poderosos músculos le invadieron la piel y tembló con fuerza. Pero su reacción no fue más que un anticipo de lo que estaba por venir.

Sintió los dedos de Rafe abriéndola todavía más, sintió cómo masajeaba el nudo de su feminidad con el pulgar. Otra increíble oleada de sensaciones se apoderó de ella y se vio arrastrada por su fuerza. Y volvió a perderse por completo una vez más.

–¿Estás bien? –jadeó Rafe contra su cuello. Tenía los músculos tensos por el esfuerzo de controlarse.

Lily asintió.

–Pero tú no... tú no... –comenzó a decir. Y Rafe emitió un sonido gutural.

–Pero lo haré –le aseguró con vehemencia dándose cuenta de que no había nada tan seguro como aquello. E incapaz de esperar más, se retiró hacia atrás antes de entrar en ella con urgencia todavía mayor.

A Lily le asombró que su cuerpo respondiera una vez más a su acto amoroso. Mientras Rafe se movía con abandono salvaje y hambriento, ella sintió cómo su propia excitación volvía a despertarse. Le rodeó la cintura con las piernas y se arqueó contra él siguiéndole el ritmo.

Rafe sabía que no podía ir más lejos. Y cuando los músculos internos de Lily abrazaron los suyos, empapándole con la dulzura de su esencia, perdió todo control.

El frenesí de su orgasmo la dejó débil y agarrada a él. Las convulsiones de Rafe duraron todavía unos instantes tras haber derramado su semilla en el interior de su ardiente matriz.

Fue el sonido de unas voces lo que la despertó.

Lily abrió los ojos y vio que la habitación estaba

sumida en la sombras de la última hora de la tarde. La ventana que daba al balcón seguía entreabierta y las finas cortinas se agitaban con indolencia.

Supo al instante dónde estaba, por supuesto. En la habitación de Rafe. Miró a su alrededor, pero estaba sola en la enorme cama. Estaba claro que Rafe no se había quedado dormido como ella. Las mejillas le ardieron al recordar el modo tan descarado en que se había conducido. ¿De verdad le había invitado a hacer el amor con ella en lugar de aceptar su oferta de llevarla de regreso a Cayo Orquídea? Rafe estaba dispuesto a hacer lo correcto y ella se lo había impedido.

Su padre se quedaría horrorizado si alguna vez se enteraba de cómo había pasado la tarde. Ojalá Ray Myers no hubiera llamado a su casa buscándola y hubiera puesto al reverendo Fielding en alerta respecto a la ausencia de su hija.

Y también suponía que Ray estaría furioso al ver que no había vuelto a la agencia. ¿Sería tan malvado como para informar de que se había ido con Rafe?

Por supuesto, no podía tener la certeza de dónde estaba, pero seguramente se lo imaginaría. Rafe no había vuelto al restaurante, y a ojos de Ray los hechos hablarían por sí solos.

Volvió a escuchar las voces, esta vez más cerca, y se puso tensa. El sonido parecía proceder del pasillo de fuera de la suite. No era la voz de Rafe. Eran dos mujeres hablando.

Tenía que levantarse, pensó con culpabilidad. Tenía que vestirse antes de que aquellas mujeres, fueran quienes fueran, decidieran entrar en la habitación. Se moriría de vergüenza si alguien la encontrara así, sin ropa y sin posibilidad de esconderse.

Se dio cuenta de pronto de que ya no se escuchaban

las voces. Suspiró aliviada y aprovechó la oportunidad para levantarse, recopilar la ropa y dirigirse al baño.

Había empezado a cruzar el suelo enmoquetado cuando alguien llamó a la puerta con los nudillos a su espalda. El pánico se apoderó de ella. Dejó caer la ropa al suelo, agarró la sábana de la cama y se la puso como un pareo sobre el cuerpo desnudo. Antes de que pudiera decir nada, la puerta se abrió y entró una doncella.

—Oh, señorita... Fielding —dijo algo confusa—. Creí que se había marchado con el señor Oliveira cuando se fue a Cayo Orquídea.

Lily tragó saliva.

—¿El señor Oliveira se ha ido a la ciudad? —preguntó con voz débil.

La doncella asintió.

—Sí, señora. El señor Bellamy vino a buscarlo —añadió la doncella.

—¿El señor Bellamy?

Lily sabía que sonaba asombrada, pero no podía evitarlo. Y la doncella parecía ahora avergonzada.

—Creo que han ido a ver a la señora Oliveira —declaró sonrojándose todavía más—. El señor Bellamy mencionó su nombre.

Lily contuvo el aliento.

—Entiendo.

—Pero seguro que Pérez puede llevarla a casa si no quiere esperar a que vuelvan —murmuró la joven incómoda—. Trabaja para el señor Oliveira. Si quiere puede preguntárselo a Carla.

—¿Y cuándo se fue el señor Oliveira? —preguntó Lily tensa.

—Hace como una hora —respondió la joven. Luego hizo una pausa, estaba claro que lamentaba haber entrado en la habitación—. ¿Necesita algo?

–Yo... no.

Lily se preguntó si debía creer a la doncella. Le parecía increíble que Rafe la hubiera dejado allí para irse a ver a su exmujer.

Cuando la joven salió, Lily tuvo que llevarse una mano a la boca para contener el sollozo que le subió repentinamente a la garganta. Oh, Dios, qué avergonzada se sentía. No recordaba haberse sentido tan destrozada en toda su vida.

Se vistió a toda prisa en el cuarto de baño y abandonó cualquier idea de darse una ducha en la lujosa instalación de color crema y dorado.

Luego se peinó la enmarañada melena y se hizo una coleta. Daba igual lo que pensara la gente de ella en aquel momento, se dijo. El daño estaba hecho.

Estaba oscureciendo cuando recorrió a toda prisa el pasillo para dirigirse a las escaleras. Se dio cuenta de que eran más de las seis. Dios, su padre empezaría a preocuparse. Normalmente regresaba de la agencia mucho antes.

Las lámparas del vestíbulo estaban encendidas y proyectaban sombras delicadas sobre las flores que había admirado aquella tarde.

Cómo podían cambiar las cosas en cuestión de horas, pensó con amargura. Pero al menos había aprendido una buena lección. Que a pesar de todo, a pesar de cómo se había portado con ella, Laura Mathews estaba en lo cierto.

Rafe Oliveira era un hombre en el que no se podía confiar.

Capítulo 12

ERAN más de las siete cuando Rafe volvió a Punta Orquídea.

Detuvo el Lexus al lado del garaje unos segundos antes de que Steve Bellamy se detuviera detrás de él. Ambos hombres descendieron de sus respectivos coches. Steve tenía una expresión avergonzada.

–Lo siento, señor Oliveira –murmuró a modo de disculpa–. Podría haber jurado que era ella.

–Bueno, podría haberlo sido –Rafe no iba a dar nada por sentado–. Y tenías motivos para sospechar después de identificar a Sawyer.

–De todas maneras...

–Relájate –le aconsejó Rafe mientras se dirigían a la casa–. Pero mantén los ojos y los oídos bien abiertos. Si ella está en la isla seguramente venga por aquí.

–¿Usted cree?

–¿Y tú no? –Rafe torció el gesto–. Eh, no es lo que yo quiero –se apresuró a recordarle a su asistente–. Pero, ¿quién sabe qué se le podría ocurrir ahora?

–Entonces, ¿qué va a hacer?

Rafe relajó la expresión con una sonrisa.

–¿Yo? Voy a cambiarme y voy a ir a buscar a cierta dama para disculparme por haberla abandonado –aseguró con alegría–. Solo espero que me entienda cuando le diga que he estado buscando a mi exmujer.

Steve arqueó las cejas.

–¿Puedo preguntar de quién se trata? –hizo una pausa–. ¿Le he dicho que la señorita Mathews estaba completamente furiosa cuando entré en el bar?

–Lo has mencionado una o dos veces –dijo Rafe con ironía.

Su asistente compuso una mueca de disgusto.

–Bueno, es la verdad. Myers estaba haciendo todo lo posible por apaciguarla, pero creo que quiere sangre.

–Lo que quiere es mi dinero –le corrigió Rafe–. O más bien su padre. Está claro que él le ha dejado caer que no puedo resistirme a una mujer bella y que si juega bien sus cartas accederé a todo lo que me pida.

–Pero... eso no es verdad –Steve miró a su jefe sorprendido. Él sabía mejor que nadie que Rafe no había estado hasta aquel día con ninguna mujer desde que salió de Nueva York meses atrás.

–Gracias –Rafe le dio una palmadita de agradecimiento en el hombro–. Y para que conste, la señorita Fielding se llama Lily. Su padre es el ministro anglicano del que te hablé.

–¿La hija de un ministro anglicano? –Steve arqueó una ceja con gesto receloso–. ¿Y eso es prudente?

–Seguramente no, pero me gusta –reconoció su jefe–. Solo espero que me crea cuando le diga dónde he estado. Con Laura haciendo todo lo posible por arruinar mi reputación y Sarah tramando quién sabe qué, no tengo muchas posibilidades.

Steve volvió a mirar a Rafe cuando entraron en la casa y frunció el ceño.

–Lo cierto es que la señorita Mathews la mencionó. Dijo que se había entrometido en la cita que tenían ustedes y que Myers la apoyaba.

–No era ninguna cita –respondió Rafe con impaciencia–. Quedé para tomar algo con Laura, nada más. Agradecí la interrupción.

Steve lo miró sorprendido una vez más.

–¿No le resulta fascinante la señorita Mathews? –preguntó.

Rafe torció el gesto.

–Está claro que ella piensa que lo es –reconoció–. Pero si me estás preguntando si me atrae, te digo sinceramente que no. Las mujeres como ella me dejan frío.

–Supongo que se parece un poco a la primera señora Oliveira, ¿no?

Rafe contuvo una carcajada.

–Diablos, no –vio a Carla acercándose a ellos y añadió en voz baja–, esa mujer es única en su clase.

Steve sonrió, pero al ver que la asistenta tenía el ceño fruncido los dos hombres la miraron con curiosidad.

–¿Ocurre algo? –se apresuró a preguntar Rafe–. No me digas que la señorita Fielding se cansó de esperar y se ha ido a casa.

Carla parecía incómoda.

–Bueno, sí que se ha ido, señor Oliveira. Pero no creo que fuera porque estuviera cansada de esperar –hizo una pausa antes de añadir con tristeza–, una de las doncellas le dijo que usted había ido a la ciudad con el señor Bellamy para hablar con su exmujer –Carla vio cómo le cambiaba la cara a Rafe, pero siguió hablando–. No sé por qué entró la chica en su suite, señor Oliveira. Le pedí que pasara la aspiradora por las otras habitaciones de esa planta, pero eso fue lo que ocurrió.

–Dios –Rafe maldijo entre dientes. Se imaginaba lo que debía estar pensando Lily.

–Cuando ella... bueno, cuando la señorita Fielding bajó –continuó Carla con tono de disculpa–, insistió en

marcharse. Intenté decirle que seguramente usted vol-
vería pronto, pero no quiso escucharme.

Rafe se la quedó mirando sin dar crédito.

–¡No me lo puedo creer! –exclamó–. ¿No podías
haberle explicado la situación?

–No pensé que usted querría que hablara de su exmujer con una... buena, con una desconocida –se defendió Carla–. Está claro que he cometido un error.

–Sí, así es –murmuró Rafe enfadado. Pero entonces
se dio cuenta de que no debía culpar a Carla de su propio error–. Lo siento –añadió–. La culpa ha sido mía.
Solo espero que la señorita Fielding lo entienda.

Lily ya estaba sentada a la mesa cuando su padre se
unió a ella. La cena se había retrasado porque ella había
llegado tarde.

Pero como su padre había estado trabajando en su
despacho cuando entró en casa, confiaba en que no
hubiera visto lo tarde que era.

Enseguida se dio cuenta de su error.

–¿Dónde has estado? –le preguntó el reverendo sin
hacer amago de agarrar la cuchara para tomar la sopa
de verduras–. Myers me ha llamado tres veces en las
dos últimas horas. Estaba preocupado por ti. Y sinceramente, yo también.

Lily no supo qué contestar.

–Lo... lo siento –dijo finalmente–. Me... entretuve.

–¿Quién te entretuvo? –inquirió su padre con frialdad–. Según Myers no apareciste por la agencia después de comer.

Lily dejó escapar un suspiro.

–Estaba ocupada –murmuró maldiciendo para sus
adentros a Ray Myers por colocarla en aquella situa-

ción–. ¿No puedo tener vida fuera de la agencia? Tengo veinticuatro años, papá, no dieciséis.

–Ya lo sé –la expresión de William Fielding no cambió–. Pero sigues siendo mi hija y creo que tengo derecho a saber lo que has estado haciendo. Esta isla es muy pequeña, Lily. No me gustaría que la gente pensara que estás fuera de control.

Aquella expresión era tan ridícula y al mismo tiempo tan acertada que Lily no supo si reír o llorar. Lo cierto era que había estado fuera de control la mayor parte de la tarde. Y a punto de llorar desde que aquel hombre, Pérez, la llevó a la ciudad para que recogiera su coche. Pero su padre no sabía nada al respecto.

–Sé que estoy chapado a la antigua –continuó él. Y Lily trató de concentrarse en lo que le estaba diciendo–. Pero... bueno, no me gustaría que fueras como esa antigua amiga tuya, Laura Mathews.

Lily suspiró.

–Eso no va a pasar –aseguró con firmeza. Era de lo único que estaba segura.

Pero su padre no quería dejar el tema. La miró con recelo y añadió:

–Si lo que me ha llegado es verdad, has pasado la tarde con Rafe Oliveira.

Lily se puso completamente roja.

–¿Cómo sabes eso?

–Entonces, ¿es cierto? –ahora había decepción en su voz–. Pensé que tenías más sentido común, Lily.

–¿Más sentido común? –Lily intentó utilizar la indignación para mantener a raya la desolación que sentía–. Creí que te caía bien.

–Y me cae bien –William Fielding dejó escapar un suspiro–. Pero ese no es el punto. Para empezar, es demasiado mayor para ti. Y tiene una historia detrás. Si los periódicos dicen la verdad, estuvo a punto de ser condenado por tráfico de drogas.

–Lo sé.

–¿Lo sabes? –su padre contuvo el aliento–. ¿Y cómo lo sabes? ¿Quién te lo contó? Ah, supongo que sería Laura. Por supuesto, ella tiene sus propios intereses.

–De hecho fue el propio Rafe –reconoció ella–. ¿Qué has querido decir con lo de Laura?

–¿No te lo ha contado? –su padre la miró con sorpresa–. Creí que esa era la razón por la que vino la otra noche. De hecho por eso yo me fui.

Lily se sintió mareada.

–¿Estás diciendo que... estás dando a entender que Laura y Rafe son... eran... amantes?

Si esperaba una negativa, se llevó una desilusión.

–¿Amantes? –repitió su padre con tono dubitativo. Luego alzó los hombros–. Bueno, supongo que podría ser. ¿Crees que lo son?

Lily tenía ganas de gritar.

–No –dijo tratando de mantener la calma–. Te estaba preguntando si eso era lo que tú habías oído. Acabas de decir que Laura tiene sus propios intereses.

–Ah, entiendo –su padre mostró una expresión más clara–. Claro, no sabes de qué estoy hablando, si no lo entenderías –hizo una pausa, y para angustia de Lily agarró la cuchara y se llevó la sopa a la boca–. Mm, esto está buenísimo. ¿Me sirves un vaso de agua, por favor?

Lily agarró la jarra con dedos temblorosos. Aquello era típico de su padre, crear una situación y dejarla cociendo mientras se ocupaba de otros asuntos. ¿No se daba cuenta de cuánto deseaba escuchar lo que tenía que decirle? Su despiste era una de las cosas que más le gustaban de su padre, pero aquella noche le estaba poniendo de los nervios. ¿Por qué no le decía de una vez lo que había querido decir respecto a Laura?

Lily agarró su plato de sopa, que estaba sin tocar, y se lo llevó a la cocina. Apoyó los codos en el borde del fregadero, puso las manos en la barbilla y se quedó mirando a través de la ventana la oscuridad de fuera.

No tenía ningún deseo de volver al comedor. Seguía mareada y le dolía la cabeza. Le resultaba casi imposible creer que tan solo unas horas antes se había considerado la chica más afortunada del mundo.

Todo había ido cuesta abajo desde que se despertó y se encontró sola en la cama de Rafe. Y aun así tardó un tiempo en asimilar el hecho de que la había abandonado. Tendría que haber entendido al instante lo que pasó. Después de todo, unos días atrás el propio Rafe le había advertido que no tenían futuro. Pero ella se engañó a sí misma pensando que no hablaba en serio. Estaba tan hechizada por cómo le había hecho el amor que no podía creer que todo hubiera sido solo un juego para él.

Lily se estremeció. Todo era culpa de ella. Tendría que haberse negado a ir a comer con él. Y cuando la llevó a su casa, podría haberse negado a bajar del coche.

Pero no lo hizo. Había sucumbido a su insistencia. Y para echarle más sal a la herida, fue ella quien inició el acto amoroso, no Rafe.

Gracias a Dios, su padre pensaba que solo había tenido una cita con él. No se le pasaba por la cabeza las profundidades en las que había estado sumida su hija.

¿Y si descubría que Rafe había estado con su exmujer en Nueva York antes de venir a la isla? Si así fuera, pensó Lily, se moriría de humillación. Pero eso explicaría por qué Laura le había advertido que se mantuviera alejada de él. Aunque Lily estaba convencida de que la otra chica no era indiferente a Rafe.

Una sombra se agitó en la esquina del patio y Lily se apartó del fregadero. Había alguien allí fuera, en el jardín, pero no había escuchado el ruido de ningún motor. Fuera quien fuera debió aparcar a cierta distancia y dar la vuelta a la casa.

¡Rafe!

Ahora lamentó no haber apagado la luz mientras estaba allí sintiendo lástima de sí misma. Cuando Rafe salió de la oscuridad no tuvo dónde esconderse. Él la vio y se acercó a la ventana para dar unos golpecitos en el cristal, indicándole que quitara el cerrojo de la puerta y le dejara entrar. Pero Lily no se movió. Estaba paralizada en el sitio.

La furia le dio energía. ¿Cómo se atrevía a acudir allí aquella noche?, pensó con rabia. ¿Qué diablos quería de ella ahora?

¿O habría ido a ver a su padre? Todo era posible. ¿Cuál era su intención? ¿Dejar caer en la conversación que había pasado la tarde con su hija en la cama?

–Abre la puerta, Lily –le pidió Rafe al ver que no se movía. Y sonó como una orden.

–Vete al infierno –respondió ella articulando las palabras en silencio. No quería que su padre la oyera y se acercara a ver qué estaba pasando.

Rafe torció el gesto y, apartándose de la ventana, se acercó para golpear la puerta.

–No pienso marcharme, Lily –gritó con voz ronca–. Tenemos que hablar.

Lily cerró los ojos con desesperación. Si se negaba a abrir la puerta, lo más probable era que tarde o temprano su padre escuchara el ruido. Rafe era un hombre muy fuerte. Si se empeñaba podría tirar fácilmente la puerta de una patada.

–¿Lily?

Abrió los ojos y se encontró a su padre en el umbral de la puerta. Tenía el ceño fruncido. Lily se dio cuenta de que ya no tenía elección.

–Ah. Hola, papá –dijo todavía confiando en poder salvar la situación.

Pero entonces Rafe volvió a llamar otra vez y supo que ya no tenía escapatoria.

–Me ha parecido oír que alguien llamaba a la puerta –dijo William Fielding con impaciencia–. ¿Por qué siempre tiene que surgir una emergencia cuando estamos comiendo?

–No es una emergencia, papá –comenzó a decir Lily.

Pero su padre ya había cruzado la estancia y estaba quitando el pestillo para abrir la puerta.

–Oh –dijo cuando vio al visitante–. Es usted –miró hacia Lily–. ¿Tú sabías quién era?

–Lo sabía –respondió Rafe por ella entrando sin pedir permiso–. Buenas tardes, reverendo –saludó con educación–. ¿Le importa si hablo con su hija a solas?

Lily se dio cuenta de que Rafe no se había cambiado de ropa desde la tarde. Seguía llevando la camisa negra y los pantalones caqui del bar. Que estaban ahora un poco arrugados, se fijó. No quería recordar cómo había sucedido. Pero estaba sorprendida. Rafe era un hombre que se preocupaba por su aspecto, o eso le parecía a Lily. Y, sin embargo, tenía el pelo revuelto y estaba sin afeitar.

El reverendo Fielding agitó las fosas nasales ante la osadía del otro hombre de entrar en su casa sin ser invitado.

–Estamos cenando, señor Oliveira –dijo con seque-dad–. Sería más conveniente que hablara con mi hija en otro momento. Tal vez mañana. Estará en la agencia Cartagena Charters por la mañana, como de costumbre. Si no sabe dónde está puedo darle la dirección.

–Sé dónde está la agencia –respondió Rafe resistiendo el deseo de decirle al otro hombre que ahí era donde había conocido a Lily.

¿Se lo habría contado a su padre? ¿O daba por hecho Fielding que se habían conocido la noche que Rafe se ofreció a salir a buscarla? La noche, recordó, en la que había vivido la tortura de soñar con ella alzándose desnuda entre las olas.

–Muy bien.

Lily supuso que su padre pensaba que aquel era el fin de la discusión. Estaba muy acostumbrado a que la gente se plegara a sus deseos que no se le pasó por la cabeza que Oliveira pudiera contradecirle.

–Sin embargo, preferiría hablar con Lily esta noche si no hay inconveniente –afirmó Rafe dirigiendo su mirada negra como la noche hacia ella–. Seguro que puede concederme unos minutos de su tiempo.

William Fielding apretó los labios, y cuando se giró hacia su hija, Lily supo que esperaba que le apoyara. Pero no sabía qué podría decir Oliveira si se negaba hablar con él.

–Tal vez... ¿cinco minutos, papá? –sugirió. Era la primera vez que no obedecía directamente a su padre.

El reverendo la miró con expresión distante.

–Si eso es lo que quieres, no puedo impedírtelo –dijo con evidente desaprobación. Luego miró una vez más a su visitante–. Por favor, no la entretenga mucho tiempo.

Capítulo 13

RAFE no respondió. No estaba de humor para tranquilizar al otro hombre ni a nadie más. El reverendo vaciló unos instantes pero luego, cuando quedó claro que Rafe no iba a decir nada más en su presencia, salió de allí.

Pero dejó la puerta entreabierta. Y para agobio de Lily, Rafe pasó por delante de ella y la cerró. Luego se giró, apoyó los hombros en el panel y la miró con una curiosa mezcla de recelo y arrepentimiento.

El silencio se extendió durante varios segundos. Lily tenía los nervios tan tirantes como cuerdas de violín. Estaba a punto de pedirle que dijera lo que tenía que decir y se marchara, pero entonces Rafe habló.

–Lo siento si te molestó la aparición de la doncella –dijo de forma inesperada–. No tenía derecho a entrar en la suite. Fue un error por su parte.

Lily dejó escapar un suspiro tembloroso. ¿Qué se suponía que debía decir después de aquello?, se preguntó. ¿Acaso creía Rafe que decirle que la doncella había hecho mal entrando en la habitación le excusaba a él? El hecho era que la había abandonado para ir a ver a su exmujer.

–Da igual –dijo entonces. Solo quería que Rafe se fuera antes de decir algo de lo que pudiera arrepentirse. Había salido de la villa sin pararse siquiera a darse una ducha o cambiarse de ropa. Era un sinvergüenza y un mentiroso, y Lily sentía amargura y rabia.

–No da igual –la contradijo Rafe–. Puedo imaginar cómo te sentiste.

–¿En serio? –le espetó ella con sorna–. ¿Te ha pasado alguna vez? Discúlpame, pero lo dudo mucho.

Rafe se apartó de la puerta. Sentía cómo la rabia bullía dentro de él. ¿Qué derecho tenía Lily a criticarle si ni siquiera le había dado la oportunidad de explicarse?

–Ya veo que yo estaba en lo cierto –murmuró con aspereza–. Aunque finjas ser una mujer, actúas como una niña. Lamento lo que ha sucedido. Todo. Créeme, no fue cosa mía.

Lily se dio la vuelta. Estaba temblando, pero que la asparan si iba a permitir que él lo viera.

–Bien, gracias por la disculpa, si es que ha sido una disculpa –se dirigió hacia la puerta de salida–. Me despediré de mi padre de tu parte.

Rafe maldijo entonces entre dientes. Lily no entendió las palabras, pero el significado está muy claro. Lo que no esperaba era que él la agarrara de los hombros y la atrajera hacia sí, ni que siguiera murmurando imprecaciones soltándole la cálida y sensual respiración contra el cuello.

Rafe no tenía pensado tocarla. De hecho, cuando Lily le espetó aquel comentario ácido y le dio la espalda, se dijo que seguramente así era mejor para todos.

Era demasiado joven para él. Esa era la verdad. Pero no era menos cierto que cuando estaba con ella tenía muy poco o ningún control sobre sus actos.

Incluso ahora, sabiendo que su padre estaba en la habitación de al lado, no pudo evitar recordar las intimidades que habían compartido aquella tarde. Y cuanta más distancia pusiera entre él y la tentación que Lily representaba, mejor.

Pero ella se había recogido la gloriosa melena en un nudo aquella noche y el calor le había aplastado algunos mechones de color miel contra la nuca.

Tenía el cuello ligeramente curvado, suave y dulcemente vulnerable. Fue aquella vulnerabilidad la que le llevó a apretar la espalda de Lily contra su cuerpo, que ya temblaba de deseo.

Le deslizó la boca por la piel y disfrutó de su aroma. Encontró de forma instintiva el punto sensible que le había mordido aquella tarde.

Lily se estremeció, y Rafe supuso que se había puesto aquella camisa de seda con cuello un poco alto para que no se le viera la marca. Pero Rafe se regocijó en la prueba de su posesión y la lamió con la lengua, provocando que Lily se estremeciera a pesar de la resistencia que todavía podía sentir en ella.

–Cariño –murmuró Rafe. La decisión de dejarla se hundió en las profundidades de su creciente deseo. Lily sabía a ambrosía, y la sensualidad que exhalaba le inundaba los sentidos–. No nos peleemos, corazón.

–Suéltame, Rafe.

Lily tuvo que hacer un enorme esfuerzo de voluntad para pronunciar aquellas palabras, pero se dijo que Rafe se las merecía. No estaba bien pensar que podía comportarse como lo había hecho aquella tarde y luego aparecer en su casa por la noche como si nada hubiera pasado.

Si pensaba que podía seducirla con palabras cariñosas para que olvidara su traición, estaba muy equivocado.

Rafe le dio la vuelta para obligarla a mirarlo. Su rostro sombrío revelaba su frustración.

–Te gusta torturarme, ¿verdad? –inquirió con rudeza–.
Bien, pues a ese juego podemos jugar los dos, querida –y
tomándole el rostro entre las manos con cierta brusquedad, le clavó la boca abierta en la suya.

Lily se quedó paralizada cuando Rafe le deslizó la
lengua entre los dientes. Era demasiado pronto, pensó
con debilidad mientras sus sentidos se dejaban arrastrar
por aquella sensual invasión. Su cuerpo recordaba demasiado bien lo sucedido por lo tarde, y aunque su cerebro le dijera que no podía confiar en Rafe, su resistencia se fundió en el calor de su posesión.

–Por favor –susurró contra su boca. Pero era más
bien una plegaria para recuperar la cordura que una
petición para que la soltara.

–Me encantas, cariño –le dijo Rafe con aspereza
echándose hacia atrás para mirar su rostro sonrojado con
ojos ávidos–. Demasiado para mi propio bien. He venido
para disculparme por dejarte sola esta tarde, pero también para decirte que no puedo volver a verte.

–¿Para disculparte? –Lily soltó una carcajada amarga–.
¿Por dejarme para retomar tu relación con tu exmujer?
–inquirió.

–¿Qué diablos estás diciendo? –Rafe dio un paso
atrás para observar su rostro acusador.

Estaba claro que sabía lo de Sarah. Carla le había
puesto al tanto de eso. Pero, ¿qué historia le había contado aquella doncella? Una versión mezclada de los
hechos, eso seguro. Por eso Lily se había hecho una
idea completamente equivocada. Rafe suspiró y dijo:

–¿Crees que quería ver a mi exmujer? Ojalá no tuviera que volver a verla nunca más en mi vida.

Lily se lo quedó mirando. Había rezado para que la
doncella estuviera equivocada. Pero se dio cuenta de

que Rafe era un mentiroso consumado, y ella había sido tan estúpida como para caer en su red.

–Creo que deberías irte –dijo temblando e intentando apartarse de él.

Rafe asintió con amargura.

–Yo también lo creo –murmuró–. Seguramente este no era el momento para intentar dar explicaciones... pero tú me has tentado para que me quedara.

Lily contuvo el aliento, desgarrada a su pesar.

–¡Yo no te he tentado! –afirmó con voz ronca–. Te he pedido que te vayas, pero aquí sigues.

–Tal vez no eres consciente de lo que ofreces con tanta generosidad –Rafe estaba siendo ahora sarcástico. Se apartó de ella y alzó los hombros con gesto indiferente–. Corre, pequeña, vuelve con tu padre. Si averigua que su adorada hija ha estado conmigo esta tarde seguro que se imaginará lo peor.

Lily alzó la cabeza, dolida por su sarcasmo.

–No era virgen esta tarde –afirmó con tirantez.

–Físicamente tal vez no –respondió él apretando los labios–. Pero en otro sentidos...

Ella contuvo el aliento.

–Deja de tratarme como a una niña –protestó.

–Es que eres una niña –la corrigió él sin malicia–. La culpa es mía por haber pensado lo contrario. Mi única defensa es que siempre he sabido lo que deseo –hizo una breve pausa–. Y que me aspen, pero te deseo a ti.

Lily tragó saliva.

–Así que fuiste tras de mí –afirmó tensa.

Los ojos de Rafe se oscurecieron.

–Si no recuerdo mal, cariño, tú fuiste tras de mí –le recordó, enfadado por no poder sacarse aquel recuerdo de la cabeza. Apretó todavía más los labios–. ¿O vas a negarme que gran parte de lo que ha sucedido esta tarde fue el resultado directo de tu provocación?

A Lily se le encendió el rostro en llamas.

–No es muy caballeroso por tu parte acusarme de eso.

–Lo siento –Rafe alzó los hombros–. No soy un hombre muy caballeroso –se apartó de ella–. Me temo que tu padre tiene razón. No debería haberte invitado a mi casa. Fue una inconsciencia por mi parte.

Lily dejó escapar un suspiro tembloroso. A pesar de todo, le ponía enferma pensar que Rafe se arrepintiera de lo que había pasado.

–Es un poco tarde para decirme eso ahora.

–Lo sé –gruñó Rafe–. Pero cariño, no creas que te llevé a Punta Orquídea para seducirte. No fue así –salvó el espacio que los separaba y se inclinó hasta sentir su cálida respiración en la boca–. Y tú me pediste que te hiciera el amor, ¿no es verdad? ¿Qué puedo decir en mi defensa? Soy un hombre de carne y hueso.

Lily no pudo responderle.

–Creo que deberías irte –se le aceleró el pulso cuando Rafe le deslizó el pulgar por la sensible curva de la boca–. No creo que haya nada más que decir.

–Muy bien –Rafe alzó las manos en gesto de rendición–. Pienses lo que pienses de mí, recuerda que me vuelves loco –le dijo con aspereza–. Y eso es algo con lo que tendré que vivir.

Lily se aprovechó de la repentina libertad para apartarse al instante de él. No era capaz de enfrentarse a Rafe en aquel instante. Se sentía demasiado vulnerable. Era demasiado consciente de lo que había sucedido entre ellos. Tal vez más adelante, cuando no le subiera la presión arterial cada vez que estaba cerca de él. Rafe suspiró.

–¿Le vas a contar a tu padre lo de esta tarde?

–¿Por qué? –le retó Lily–. ¿Tienes miedo de las consecuencias?

–No digas tonterías –Rafe sacudió la cabeza–. Tal vez debería contárselo yo mismo.

Ella contuvo el aliento.

–No lo harás.

–No –admitió Rafe–. Porque te respeto. Y no he venido aquí para amenazarte ni complicar todavía más la situación –Rafe suspiró–. Vine para explicarte por qué tuve que marcharme de manera tan precipitada. Me llegaron noticias de...

–De tu exmujer –lo interrumpió ella.

Rafe la miró con expresión cansada.

–En cierto modo sí –trató de continuar, pero Lily intervino de nuevo.

–No hace falta que me digas nada más –afirmó con tirantez–. No soy ninguna idiota. Ahora me doy cuenta de la clase de hombre que eres.

Rafe sintió que le hervía la sangre.

–Eso lo dudo mucho.

–Me subestimas –respondió Lily pasando por delante de él para abrir la puerta–. No quiero entretenerte. Seguro que tienes planes más emocionantes para esta noche.

Rafe apretó la mandíbula.

–No sabes ni lo que dices –aseguró fríamente–. Estás demostrando que tengo razón. En el fondo eres una niña.

–Tal vez –Lily se negaba a hacerle ver que le había hecho daño. Así que exclamó–. Mírate –agitó la mano ante su aspecto desaliñado–. Debías tener tantas ganas de ir a verla que agarraste los primeros pantalones y la primera camisa que tenías a mano.

–¿Esto? –Rafe se señaló el atuendo con un dedo–. ¡Esta es la ropa que tan amablemente me ayudaste a quitarme!

–Como sea –Lily no lo miró a los ojos–. Espero que ella agradeciera tus prisas.

La rabia llevó a Rafe a cruzar otra vez la habitación y situarse delante de ella.

–La mujer a la que fui a ver no estaba allí –le dijo con tono helado–. ¿Eso no te lo han contado tus espías?

–No tengo ningún espía –Lily se centró en la apertura de su camisa, en la que se asomaba una flecha de vello–. Solo sé lo que me contaron tus asistentas.

–¿Y Laura Mathews? –sugirió Rafe pensando que la otra chica podría haber tenido alguna relación–. ¿No se te ha ocurrido pensar que ella podría tener sus propios planes ocultos?

–¿Qué planes? –preguntó Lily reuniendo el valor de alzar la cabeza y encontrarse con su mirada–. ¿Tienes una aventura con ella?

Rafe estaba atónito. Y le decía aquello después de todo lo que habían compartido. Ya era bastante malo que Lily pensara que había pasado directamente de sus brazos a los de su exmujer. Pero que pudiera creer que Laura, esa astuta cazafortunas, formara parte de la ecuación era sencillamente insultante.

Para su disgusto, se dio cuenta de que a pesar de la rabia su cuerpo todavía estaba excitado.

–Por Dios –murmuró furioso. Tenía que domar aquel deseo, sofocar aquella atención de una vez por todas.

Estaba a punto de darse la vuelta y marcharse sin decir una palabra más cuando la expresión de sus ojos le detuvo. ¿Era recelo lo que veía en ellos o miedo?

Rafe se quedó paralizado. Era imposible que Lily tuviera miedo de él, ¿verdad?

Actuó sin pensar. Le tomó la barbilla entre los dedos y le levantó el rostro hacia el suyo. Se la quedó mirando durante un largo instante. Luego, casi contra su voluntad, se inclinó hacia ella y apretó la boca contra la suya en un último y apasionado beso.

Se marchó antes de que Lily pudiera recuperarse de aquel demoledor ataque a sus sentidos. Cuando se pasó una mano temblorosa por la boca y se giró hacia la ventana no había ni rastro de él.

Pero el regusto de su beso quedaba evidenciado por el nudo que sintió en el vientre. Por la humedad que podía notar entre las piernas.

–¿Lily?

Ella estaba apoyada en el fregadero tratando de calmar las repentinas náuseas que había sentido cuando su padre le habló desde el umbral de la puerta.

–Querida, ¿estás bien?

«No, me estoy muriendo», pensó con tristeza confiando en que el reverendo no viera cómo le temblaban las rodillas. Lo último que necesitaba ahora era aquel repentino interés de su padre por su bienestar.

–Estaba observando una luciérnaga –mintió confiando en que su rostro no la delatara. Se giró para mirarle–. ¿Has terminado de cenar?

–Sí, pero tú no has comido nada. No creas que no me he dado cuenta –el reverendo hizo una pausa antes de continuar–. Es por ese hombre, ¿verdad? Te ha disgustado. ¿Para qué ha venido? Has estado con él esta misma tarde. Por cierto, ¿dónde te ha llevado?

Lily sintió ganas de echarse a reír y tuvo que tragarse el sollozo histérico que le había surgido en la garganta.

–Me llevó a ver su casa –dijo sabiendo que la verdad acabaría saliendo tarde o temprano–. Pero no te preocupes –hizo una breve pausa–. Es demasiado mayor para mí.

–Bueno, me alegro mucho de que lo veas –su padre parecía haberse quedado tranquilo con la respuesta–. Tengo que decir que no tengo nada contra ese hombre. Y que me gustaría escuchar qué te parecen las reformas que ha hecho en su casa. Aunque después del modo en que ha tratado a los Mathew supongo que debemos ser cautelosos, ¿no?

Lily se llevó la lengua al paladar en gesto inconsciente.

–El modo en que ha tratado a los Mathew –repitió con la esperanza de que su padre al menos le dijera lo que había querido insinuar antes.

Pero en aquel momento sonó el teléfono del despacho de William Fielding.

–Dios mío –dijo dándose la vuelta y olvidándose por completo de seguir con las confidencias–. Qué noche más ajetreada llevamos. Discúlpame, cariño, creo que tengo que ir a contestar.

Lily se quedó dormida a la mañana siguiente.

Normalmente desayunaba y luego salía hacia la agencia a las nueve en punto. Pero como no se había dormido hasta el amanecer y había descansado poco y mal, seguía adormilada cuando Dee-Dee la sacudió suavemente para despertarla.

–¡Lily! ¡Lily! ¿Estás bien, niña? –la mujer parecía preocupada–. No sabía que siguieras en casa.

Lily abrió los ojos y se encontró con la redonda cara de la asistenta mirándola fijamente.

–¿Qué hora es? –preguntó parpadeando.

–Hora de que estés ya de camino al trabajo –afirmó Dee-Dee apartándose de la cama–. A tu padre no le va a hacer ninguna gracia saber que te has dormido.

Lily se incorporó, sacó las piernas por un lado de la cama y gimió cuando su cabeza protestó.

Parecía como si tuviera resaca. ¿Existiría la resaca emocional?

–¿Qué te pasa, te duele la cabeza? –preguntó la otra mujer–. ¿Has estado bebiendo?

Dee-Dee no iba a dejar el tema, y Lily se dio cuenta de que tenía que decirle algo. Así que optó por contarle una verdad a medias.

–Ya que quieres saberlo, creo que Rafe tiene una aventura con Laura –afirmó con aspereza optando por la opción menos provocativa–. Y ahora tengo que vestirme.

–¿Y estás disgustada?

Lily suspiró.

–Sí, lo estoy –reconoció–. Ya sé que me advertiste de que ese hombre era peligroso. Y ahora me siento como una idiota.

–¿Por qué? ¿Le has estado viendo?

Lily se encogió de hombros. Le costaba trabajo contárselo a nadie, y menos a Dee-Dee.

La otra mujer frunció el ceño como si no necesitara ninguna confirmación.

–¿Quién te ha dicho que tienen una aventura? –quiso saber–. ¿Fue Laura?

Lily se alegró de poder al menos negar aquello.

–No me digas que crees todo lo que dice Ray Myers.

–Ya que insistes, te diré que mi padre también lo dio a entender –murmuró Lily negándose a mencionar a la exmujer de Rafe–. Oye, tengo que vestirme para ir a trabajar.

–¡Ese hombre! –Dee-Dee resopló. Se refería al padre de Lily–. No sé de dónde saca semejantes ideas. Oliveira no se está acostando con nadie. Y mucho menos con Laura Mathews. Aunque ella no le rechazaría si llamara a su puerta.

Lily, que estaba a punto de levantarse de la cama, volvió a dejarse caer sobre el colchón.

–¿Cómo sabes que no hay nadie más?

Dee-Dee se dio un golpecito en la cabeza con el dedo.

–¿Cómo se entera Dee-Dee de todo? Tengo mis fuentes aquí dentro. Y es un hecho que Oliveira no está compartiendo cama con nadie.

Lily se la quedó mirando fijamente.

–¿Estás segura?

–Completamente –exclamó la indiana–. El padre de Laura Mathews la envía a Punta Orquídea siempre que puede para que intente convencer a Oliveira de que le salve el trasero, nada más.

–¿El trasero de quién?

Dee-Dee chasqueó la lengua con impaciencia.

–El trasero de Grant Mathews –afirmó–. Todo el mundo sabe que ese hombre tiene un problema de juego. Perdió todo su dinero en Las Vegas y está viviendo aquí gracias a la caridad de Oliveira.

–No lo sabía –Lily sacudió la cabeza–. Solo sabía que había perdido mucho dinero jugando contra Oliveira.

–Por lo que yo sé, no fue con Oliveira –le explicó Dee-Dee–. El hombre que ganó a Mathews no quería propiedades en una isla caribeña, quería efectivo. Así que Oliveira compró su parte.

Lily se puso de pie.

–Así que por eso vino a la isla.

–Sí. La casa, la plantación, las cabañas de Cayo Coral... por no mencionar Punta Orquídea. Casi todo le pertenece a él –afirmó Dee-Dee–. ¿No te lo había contado tu padre?

Lily se quedó boquiabierta.

–¿Mi padre lo sabe?

–Yo diría que sí –Dee-Dee empezó a quitar las sábanas para echarlas a lavar–. Oliveira vino a verle. Seguramente querría su bendición, por decirlo de alguna manera. O eso es lo que nos hizo creer tu padre. Pero yo pienso que quería el consejo del reverendo sobre cómo tratar a la gente que vive aquí. Grant Mathews nunca ganó ningún concurso de popularidad, y por lo que yo sé, Oliveira no lo está haciendo mal.

A Lily le dolió que su padre no se hubiera molestado en contárselo. Pero tal vez no pensó que pudiera ser de su interés.

Por otra parte todavía estaba el hecho de que la tarde anterior se hubiera marchado dejándola sola. Se sintió tentada a preguntarle a Dee-Dee su opinión al respecto.

Lo que le provocó otro pensamiento turbador. ¿Y si Rafe no le había mentido respecto a su relación con su exmujer?

Y sí ese era el caso, ¿qué iba a hacer al respecto?

Capítulo 14

LOS siguientes días transcurrieron sin incidentes para Lily. Descontando el hecho de que Ray estaba de mal humor la mayor parte del tiempo y apenas hablaba con ella.

Gran parte de su enfado se debía a que Lily se negó a contarle dónde había ido la tarde que no regresó a la agencia.

Se había disculpado por su ausencia y admitió que debió haberle llamado para avisarle de que no iba a volver. Pero aparte de eso, guardó silencio. No tenía intención de hablar de Rafe con él ni darle la oportunidad a Ray de que le pidiera que intercediera ante él en su nombre.

Lily no imaginaba qué decisión iba a tomar Rafe respecto a la agencia. Sí sabía que Ray había conseguido un crédito del banco para cubrir sus gastos inmediatos. Lo que significaba que el grupo de Boston había vuelto a casa con la amenaza de una querella cerniéndose sobre la cabeza de Ray.

Pero seguía endeudado. Solo Dios sabía qué podía pasar ahora.

A menos que Rafe Oliveira interviniera...

Pero eso parecía más y más improbable a medida que pasaban los días. Lily se dijo que no era culpa suya si Rafe había decidido no implicarse con la empresa. Seguramente ya se había dado cuenta de que Ray no era muy de fiar antes de que ella apareciera.

Y, sin embargo, se sentía algo responsable del empeoramiento de la situación. Al parecer había ofendido a todo el mundo y no sabía qué hacer

La relación con su padre también se había deteriorado. William Fielding no se había tomado bien su acusación de haberle ocultado deliberadamente las razones de la visita de Oliveira.

—Eso no tiene nada que ver con nosotros —mantuvo su padre cuando ella le increpó al respecto—. El hecho de que Oliveira me consultara sobre la situación no significa que tengo carta blanca para hablar de sus asuntos con todo el mundo.

—Dee-Dee lo sabía —murmuró Lily empeñada. Pero su padre se mantuvo firme.

—Eso no es importante. Lo que me importa es mi integridad. Además, si esto ha creado un distanciamiento entre Oliveira y tú, mejor.

Lily quiso preguntarle cómo sabía que estaban distanciados, pero en el fondo lo sabía.

Al parecer Dee-Dee no tenía ningún reparo en irse de la lengua.

Un par de días más tarde, Ray regresó de la comida mucho más alegre. Pero prefirió no preguntarle por temor a que le soltara una impertinencia.

Finalmente Ray no tuvo más remedio que hablar primero.

—Nunca adivinarás con quién he estado tomando una copa —comentó con indiferencia.

A Lily se le formó un nudo en el estómago al instante. Pero al ver que no contestaba, lo hizo Ray por ella.

—Rafe Oliveira —hizo una pausa—. Puedes felicitarme. Acabo de asegurar tu puesto de trabajo durante los próximos dos años.

Lily dejó escapar un suspiro tembloroso.

–¿Có... cómo lo has hecho? –preguntó preguntándose por qué el alivio que sentía tenía que estar mezclado con la desesperación.

–¿A ti qué te parece? –Ray sonrió con suficiencia–. Le he convencido para que invierta en el negocio –hizo una pausa y luego continuó con un poco menos de prepotencia–, bueno, en realidad es mi nuevo socio. Oliveira Corporation va a adquirir un porcentaje de acciones de la empresa.

Lily tragó saliva.

–¿Es un porcentaje alto?

–¿Qué más da? –Ray torció el gesto–. Agradece que esté dispuesto a invertir lo que sea.

–¿Qué dice que ha hecho? –Steve Bellamy se quedó mirando al hombre que estaba frente al escritorio con ojos incrédulos–. Creí haberle entendido que el negocio tenía deudas y que estaba a punto de hundirse.

–Así es. O mejor dicho, así era –Rafe se recargó en la silla y observó al otro hombre con ojos entornados–. ¿Qué quieres que te diga? ¿Que tengo más dinero que sentido común?

Steve torció el gesto y luego alzó los hombros en gesto defensivo.

–La decisión es suya. Yo solo soy un empleado –hizo una pausa–. Esto no tendrá nada que ver con la señorita Fielding, ¿verdad? No estará ayudando a Myers por ella.

–No –respondió Rafe con sequedad inclinándose hacia delante en la silla para señalar el fin de aquella conversación. Aspiró con fuerza el aire para tranquilizarse–. De hecho estoy pensando en hacer un viaje. Hace mucho que no voy a Miami. Mi padre cree que lo tengo abandonado, y me vendrá bien un cambio de escenario.

Aquello era quedarse corto, pensó malhumorado. Desde que estuvo con Lily no había sido capaz de concentrarse en nada más.

Tampoco le gustaba que Steve hubiera descubierto con tanta facilidad sus motivos para invertir en Cartagena Charters. Seguramente a Lily tampoco le haría gracia su implicación con la empresa.

Y sin embargo, a pesar de todas las promesas que se había hecho a sí mismo cuando salió de la vicaría, seguía obsesionado con ella. Por muy patético que fuera, aquello le daría una excusa legítima para volver a verla.

–¿No le apetece volar a Newport para traer el yate a la isla? –sugirió Steve esperanzado.

Pero Rafe sacudió la cabeza.

–Si quieres el yate ve tú a buscarlo –murmuró Rafe.

–¿Y dejarle aquí solo con esa loca suelta? –exclamó Steve–. Ni hablar.

Rafe suspiró.

–De acuerdo. Así que nos vamos a Miami –Rafe colocó los papeles que tenía delante–. Nos iremos a finales de semana.

–De acuerdo. Pero le recomiendo que no salga solo –sugirió Steve con firmeza–. No tenemos la confirmación de que ella no esté en la isla.

Era la hora de comer y Lily estaba sola en la agencia. Ray se había marchado hacía cinco minutos para ir al bar, como de costumbre, y Lily aprovechó el momento para ordenar el escritorio. Escuchó cómo se abría y se cerraba la puerta de entrada y frunció el ceño molesta. Típico de Ray volver pronto justo el día que ella estaba haciendo limpieza.

Se acercaron unos pasos al ordenador, unos pasos

más ligeros que los de Ray. Lily alzó la vista sorprendida. Había una mujer de pie entre las dos partes que separaban la agencia. Una mujer alta, rubia y atractiva con unos ojos muy azules.

Llevaba un vestido color crema ajustado que le marcaba las generosas curvas y unos tacones muy altos. Un atuendo poco común para alguien que buscara alquilar un yate. Los clientes con los que solía tratar llevaban pantalones cortos o vaqueros y zapatos de barco.

–Hola –dijo Lily cerrando el cajón y levantándose del escritorio para ir hacia ella–. ¿Puedo ayudarla?

Los labios de la otra mujer se curvaron en una sonrisa.

–Espero que sí –dijo. Y Lily se dio cuenta de que la estaba mirando de arriba abajo.

Le daba lo mismo. Con la camisa azul marino con dibujos y los pantalones cortos no tenía el aspecto de la típica oficinista, pero era muy profesional. Y aquella mujer se daría cuenta en cuanto le dijera lo que tenía en mente.

–¿Quiere alquilar un barco? –preguntó educadamente ignorando aquella mirada.

–Tal vez –respondió la otra mujer con tono misterioso señalando hacia atrás con un gesto–. Los barcos del muelle, ¿son todos de la agencia?

–Bueno... algunos –dijo Lily. No quería admitir que muchas de sus embarcaciones estaban ahora desocupadas–. ¿El barco que está interesada en alquilar es muy grande?

La mujer frunció el ceño.

–No estoy segura –dijo tras un instante–. Quizá podría enseñarme lo que tiene.

–Oh, bueno... –Lily vaciló–. El caso es que yo no me encargo de esa parte del negocio. Eso es cosa del señor Myers.

–Pero el señor Myers no está aquí –señaló la mujer mirando a su alrededor–. ¿Me está diciendo que no puede atenderme usted misma?

Lily apretó los labios. Aquello era de lo más típico. Toda la mañana sin una visita y justo cuando Ray no estaba aparece una posible clienta. Por supuesto, podía decirle a la mujer que volviera más tarde. Pero le daba miedo que entonces buscara otra alternativa, y tal y como estaban las cosas todos los clientes eran bienvenidos.

–Supongo que puedo enseñarle lo que tenemos –dijo finalmente agarrando las llaves de Ray–. Pero no puedo dejar la agencia cerrada mucho tiempo.

–No hay problema –aseguró la mujer, que tenía un marcado acento norteamericano–. Por cierto, me llamo Sally Frances. ¿Y tú eres...?

–Lily. Lily Fielding –se apresuró a decir. Pero cuando la otra mujer se apartó para dejarle paso a la parte frontal de la agencia, se sintió de pronto incómoda.

Pensó que había algo que no estaba bien. La mujer no parecía una clienta. Ni siquiera actuaba como tal. Al parecer ni siquiera sabía lo grande que era el barco que buscaba ni cuánta gente iba a acomodar en él.

Era educada, pero había algo raro en ella. ¡Y aquellos ojos! Lily se estremeció. Tenían una expresión que no había visto nunca antes.

Salieron a la calle y Lily cerró la puerta de la agencia. Luego miró a su alrededor. No había ni rastro de Ray, pero eso era de esperar. Sin embargo, se sintió tentada de excusarse y salir corriendo al bar para ir a buscarle. O dejarle una nota diciéndole dónde estaba.

Pero el orgullo le impidió hacer ninguna de las dos cosas. Ya había recibido suficientes críticas los últimos días. Y además, ¿qué iba a hacerle aquella mujer? Estaban a plena luz del día y había gente por todas partes.

Pero no había tanta gente cuando entraron en el puerto. Los barcos se balanceaban en sus amarres sin nadie a bordo e incluso los muelles de reparación estaban vacíos. La mayoría de los trabajadores habían ido a comer.

Lily se dio cuenta de que la mujer estaba esperando a que ensalzara las virtudes de los diferentes barcos y miró hacia atrás. Vio que Sally Frances estaba intentando evitar meter los tacones entre los tablones del embarcadero y le señaló el primer yate de la agencia. Era un queche nuevo con mástiles de aluminio y dos motores diesel. Confiando en que pareciera que supiera más de lo que sabía, dijo:

–Este recorre una media de catorce nudos.

La otra mujer volvió a componer una extraña sonrisa.

–Vayamos un poco más allá –dijo avanzando por la pasarela y obligando a Lily a hacer lo mismo–. ¿Todos estos yates están a la espera de ser alquilados?

–Algunos –dijo Lily vagamente–. Si supiera lo que anda buscando...

–Lo sabré cuando lo vea –aseguró Sally con ligereza–. Veamos, ¿qué tal ese?

Estaba señalando el barco con el que habían tenido el problema. El Santa Lucia había llegado de Jamaica el día anterior y por una vez Ray había seguido el consejo del ingeniero y lo había dejado para una revisión completa.

–Oh, lo siento –Lily le explicó que aquel barco en particular estaba fuera de servicio–. Si quiere usted escoger otro...

–Quiero ver este barco –afirmó Sally indicando que quería subir a bordo–. ¿O quieres que le diga a tu jefe que te has negado hacer lo que te pedía?

Lily estuvo tentada de decir que no le importaba lo que Sally Frances le dijera a su jefe. Pero la idea de lo estúpida que iba a parecer si le contaba a Ray que le daba miedo subirse al barco con la otra mujer porque estaba solas hizo que elevara los hombros.

–De acuerdo –dijo agarrándose a la amarra para no perder el equilibrio al subir.

Se giró para ofrecerle la mano a Sally Frances, pero la mujer se había quitado los tacones y saltó ágilmente por la borda para aterrizar a su lado en la cubierta.

Estaba demasiado cerca. Lily tragó saliva convulsivamente. ¿Podría escucharla alguien si gritaba pidiendo ayuda?

Pero pensó que se estaba preocupando innecesariamente. ¿Qué diablos esperaba que le hiciera aquella mujer?

–Me gustaría ver la cabina.

Sally la había seguido cuando Lily intentó poner un poco de espacio entre ellos. Sin los tacones, no parecía tener ningún problema para mantener el equilibrio.

Lily confió por un instante que se hubiera dejado los zapatos en el muelle, pero enseguida se vino abajo al ver que los llevaba en la mano. No había nada que indicara dónde estaban.

–¿A qué estamos esperando?

La mujer se estaba impacientando, y a menos que se negara a ir a la cabina, Lily sabía que no podía hacer nada más. Nunca antes se había visto en una situación igual, gracias a Dios, y aunque estaba segura de que tendría que hacer un esfuerzo por tratar a Sally con más firmeza, había algo en ella que le producía una gran tensión.

¿Qué haría su padre?, se preguntó mientras bajaba los escalones que llevaban al interior del barco. Rezar, supuso. Pero ella tenía la mente bloqueada.

Deseó que Dee-Dee estuviera allí. Por primera vez en su vida deseó haber hecho caso a la indiana cuando intentaba convencerla para que asistiera a una de sus ceremonias.

¿Sería posible influir en alguien metiéndose en su mente?

Algo le decía que, hiciera lo que hiciera, Sally Frances no sería seguramente fácil de impresionar.

Lily se concentró con fuerza para que surgiera el rostro de Dee-Dee en su mente. Nunca antes había intentado comunicarse con la indiana de aquel modo, pero siempre había una primera vez.

Desafortunadamente, al parecer Dee-Dee tenía unos poderes de los que ella carecía.

Como había anticipado, no sucedió nada. Habría sido un milagro, pensó arrepentida. Así que optó por colocarse al otro lado de la cabina, lejos de la otra mujer. Si Dee-Dee no podía ayudarla, tendría que ayudarse ella misma.

Se encontró pensando en Rafe. Resultaba irónico que apareciera en la primera línea de sus pensamientos en aquel momento. Se preguntó dónde estaba, qué estaría haciendo. ¿La perdonaría alguna vez por haberle acusado de tener una aventura con Laura Mathews? ¿O de intentar regresar con su exmujer?

Por su parte, la mujer se estaba impacientando. Señaló hacia las banquetas y dijo:

–¿Por qué no nos sentamos? Es mucho más fácil hablar si estamos relajadas.

¡Relajadas!

Lily sintió cómo le surgía una carcajada histérica ante la idea de llegar a sentirse relajada alguna vez al lado de aquella mujer. Pero tenía que permanecer calmada porque las piernas no la sostenían con fuerza, así que tomó asiento en uno de los taburetes almohadillados.

Para su sorpresa, Sally no se sentó, sino que abrió el

bolso que llevaba debajo del brazo. Lily se puso tensa. Pensó que quizá fuera a sacar una pistola. Pero se dijo a sí misma que aquello era ridículo. Entonces Sally dejó un móvil en el asiento que había al lado del de Lily.

–Quiero que hagas una llamada por mí.

–¿Una llamada? –Lily estaba confundida–. ¿Qué quiere decir?

–Sabes usar un teléfono móvil, ¿no?

–Bueno, sí...

–Bien. Quiero que hagas una llamada –la mujer se apoyó en la madera pulida que tenía a la espalda–. No me mires con esa cara de sorpresa. ¿De verdad creías que te iba a alquilar un barco?

Lily parpadeó y trató que no se le notara lo ansiosa que estaba.

–Entonces, ¿qué estamos haciendo aquí?

–Enseguida lo sabrás –la mujer se inclinó y volvió a ponerse los zapatos–. Supongo que ya has imaginado a qué número quiero que llames.

–¡No! –Lily se la quedó mirando confundida. Pero cuando trató de ponerse de pie, la mujer se le acercó con gesto intimidante.

–Quédate donde estás –le dijo–. No quiero hacerte daño, pero soy más fuerte que tú y además soy una experta en artes marciales.

–Pero, ¿a quién tengo que llamar? –preguntó Lily sintiendo la garganta seca–. No tengo dinero, si es que está pensando en chantajear a Ray...

–¡Cállate! –la atajó la mujer con frialdad–. Lo sé todo sobre la agencia: quién es el dueño, lo que haces ahí, dónde vives...alguien te ha estado observando para mí durante días, Lily. Lo sé todo sobre ti.

Lily tragó saliva.

–¿Qué interés puede tener para usted lo que yo haga?

Parpadeó rápidamente, recordando de pronto al hombre que pensaban que seguía a Rafe. Tal vez a quien seguía era a ella.

Y aquella noche en la playa, cuando fue a nadar...

Se estremeció al recordar su incomodidad.

Pero, ¿por qué?

Entonces otro pensamiento le cruzó por la mente.

—Si pertenece usted al gobierno de los Estados Unidos, le aseguro que nunca he tenido nada que ver con asuntos de drogas.

—Te creo —respondió la mujer con tono burlón.

—¿Entonces...?

Sally perdió repentinamente la paciencia.

—Agarra el teléfono —le ordenó—. No te lo volveré a decir.

Lily agarró el móvil con manos sudorosas. Tanto que se le resbaló y cayó al suelo.

Fue a caer a los pies de Sally. Y durante un instante, Lily sopesó la posibilidad de ir a recogerlo y aprovechar para darle una patada en las piernas.

Pero mientras lo pensaba, Sally le dio un puntapié al móvil.

—Ni lo pienses —le dijo con desprecio—. Eres prescindible, pero no hasta que llames a Rafe —hizo una pausa—. Y ahora agarra el teléfono. Y si me dices que no sabes a qué número llamar, yo te diré cuál es.

Capítulo 15

RAFE estaba mirando sin ver por las ventanas de su despacho cuando sonó el teléfono.

Esperó un momento pensando en que su asistente personal respondería, pero entonces recordó que no tenía asistente personal. Ya no vivía en Nueva York. Estaba allí, en Cayo Orquídea, preguntándose cómo diablos iba a vivir sin Lily.

Miró el teléfono para ver la identidad de la persona que llamaba. Pero solo se veía la palabra «desconocido», y sintió un escalofrío incómodo en la nuca.

Se sintió tentado a no responder. La imagen de su exmujer le cruzó brevemente por la mente. Pero entonces descolgó. Si era Sarah, le contestaría como se merecía.

–Sí –dijo con sequedad sin identificarse. Y escuchó cómo la persona que llamaba aspiraba con fuerza el aire antes de responder.

–¿Señor Oliveira?

Aquella voz femenina no le resultaba familiar. Así que no se trataba de Sarah, pensó sin saber si sentirse aliviado o preocupado. Hasta que no supiera exactamente en qué andaba su exmujer y qué estaba haciendo, no se quedaría tranquilo.

–Sí –respondió con más amabilidad–. ¿Quién es?

–Me llamo Dee-Dee Boudreaux, señor Oliveira –contestó la mujer al instante–. Trabajo para el reverendo Fielding en la vicaría.

—Sí, sé quién eres.

Rafe sabía que su tono era otra vez muy seco, pero no podía evitarlo. ¿Por qué llamaba alguien que trabajaba para los Fielding?

A menos que... tragó saliva. A menos que algo le hubiera sucedido a Lily o a su padre. Una vez más, pensó en Sarah. Pero no tenía pruebas de que estuviera en la isla.

Dee-Dee no pareció fijarse en su brusquedad. Pero parecía nerviosa.

—Siento molestarle, señor Oliveira. Pero... ¿está Lily con usted?

Rafe maldijo entre dientes.

—No, no está conmigo —murmuró—. ¿Por qué iba a estarlo? —hizo una pausa—. ¿Te dijo que iba a venir a Punta Orquídea? Porque si es así, no ha llegado.

Y eso era en sí mismo bastante inquietante.

Dee-Dee parecía agitada ahora.

—Entonces, ¿dónde está? —murmuró. Rafe tuvo la impresión de que hablaba para sí misma—. No responde al móvil ni al teléfono de la agencia. Y eso es extraño, porque siempre me dice que a Myers no le gusta cerrar a mediodía.

—Un momento —intervino Rafe, algo nervioso—. A ver si lo entiendo. Has intentado localizar a Lily en su móvil y en la agencia y no contesta, ¿es así?

—Sí, señor.

—Bueno —Rafe sintió cómo empezaba a despuntarle un dolor de cabeza. Las sienes le latían dolorosamente—. Podría estar en cualquier lado, ¿no? A veces va a comer al palmeral.

—Siempre lleva el móvil consigo, señor Oliveira. En el bolso —gimió Dee-Dee—. Tengo una sensación extraña. Como si Lily hubiera estado intentando avisarme de que corría peligro.

–¿Y al instante pensaste en mí? –preguntó Rafe con tono amargo–. Bien, es bueno saber que me tienes en tan alta consideración.

–No sabía qué pensar –respondió Dee-Dee a la defensiva–. A veces me llegan estos mensajes y no siempre sé de dónde proceden.

–¿Mensajes?

Rafe debió sonar incrédulo, porque Dee-Dee chasqueó la lengua.

–Sabía que no me creería. Pero no me importa lo que usted piense, señor Oliveira. Estoy segura de que Lily corre peligro. Y esa sensación no me ha abandonado.

Rafe contuvo el aliento. No tenía ningún motivo para ello, pero la creía. Después de todo, había pasado gran parte de su infancia entre personas para quien la magia negra era un modo de vida: Macumba, vudú... fuera cual fuera el nombre que tuviera, Rafe respetaba su poder. Y también sabía que no todas las experiencias podían explicarse con la lógica.

–De acuerdo –dijo rindiéndose–. ¿Qué quieres que haga?

–¿Podría usted ir a la agencia? –preguntó Dee-Dee sin rodeos–. Hablar con su jefe y preguntarle dónde está Lily. Créame, señor Oliveira, no le pediría que se metiera en esto a menos que estuviera segura de que algo no va bien.

–¿Has hablado con su padre?

–¡No! –resopló Dee-Dee–. Quiero mucho a ese hombre, señor Oliveira, pero no me escucharía. Si le digo que tengo una de mis premoniciones me mandaría a rezar para pedir perdón, ¿me entiende?

Rafe la entendía. Respetaba al padre de Lily, pero

no le extrañaría que William Fielding cerrara los ojos a cualquier cosa que no quisiera ver. O escuchar.

–Bien –dijo levantándose de la silla–. Iré a la agencia. Dime tu número y te llamaré si la encuentro.

–Es usted un buen hombre, señor Oliveira. No me importa lo que digan los demás –Dee-Dee estaba muy agradecida–. Me temo que Lily está metida en un lío.

Rafe salió de Punta Orquídea diez minutos más tarde.

Estaba solo porque había intentado ponerse en contacto con Steve pero él no le respondió la llamada.

Rafe le había enviado al aeropuerto para que fuera a comprobar que todo estaba bien en el avión privado en el que iban a viajar a Miami al día siguiente. Supuso que Steve había apagado el móvil antes de entrar en las instalaciones del aeropuerto.

Eran poco más de las dos en punto cuando llegó a la Cayo Orquídea. Aparcó en la calle de enfrente de la agencia y cruzó hasta la puerta.

Pensó que debía haber alguien allí porque la puerta no estaba cerrada con llave. Confiaba en que se tratara de Lily. Habría valido la pena ir hasta allí si podía comprobar por sí mismo que estaba bien.

No había nadie tras el mostrador, así que no perdió el tiempo y entró en la parte de atrás. Pero allí solo estaba Myers sentado en el escritorio con el gesto torcido.

–¿Dónde diablos estabas...? –se detuvo en seco cuando alzó la vista y vio a Rafe, pero quedaba claro que Myers tampoco había visto a Lily. Y su preocupación aumentó.

–Oh... lo siento, señor Oliveira –Myers se puso al instante de pie, sonrojado por la vergüenza–. Creí que era usted mi asistente. Lily no ha aparecido por aquí desde la hora de comer y estoy a punto de perder la paciencia. No es la primera vez que se marcha sin mi permiso. Soy su jefe, por el amor de Dios. Espero un poco de lealtad por parte de mi equipo.

A Rafe le latía ahora la cabeza, y aunque le hubiera gustado descargar su frustración contra aquel hombrecillo, se contuvo.

–Si te refieres al otro día, estaba conmigo –dijo dándose unos segundos para calmarse–. ¿Y ahora dónde está? ¿Has intentado buscarla?

–¿Buscarla? –Ray parpadeó–. No. Y luego continuó desafiante–. La verdad es que di por hecho que estaba con usted. No soy ningún idiota, señora Oliveira. Sé lo que está pasando aquí.

–¿Ah, sí? –el tono de Rafe resultó amenazador–. Bueno, no vamos a hablar ahora de lo que quieres decir con eso. ¿Dónde crees que puede estar Lily, Myers? Y te lo advierto, no intentes pasarte de listo conmigo.

Rafe torció el gesto.

–No es responsabilidad mía –murmuró–. Tal vez le esté enseñando el puerto a alguien. La puerta estaba cerrada cuando yo llegué. Menos mal que tenía llaves –resopló–. O tal vez esté con otro.

–Y tal vez a ti te gustaría darte un baño en el puerto –dijo Rafe con rabia cruzando la oficina para acercarse a Myers con gesto furibundo–. ¿Has comprobado si ha dejado algún mensaje de dónde puede haber ido?

–No –Ray tenía ahora cara de disgusto–. Mire, no es culpa mía que ella no está aquí. Soy yo quien debería estar enfadado. Volverá cuando ella quiera y no antes.

Rafe maldijo entre dientes mientras rebuscaba en los papeles que había al lado del ordenador de Lily, y al ver que no encontraba nada, abrió la puertecita del mueble que había bajo el escritorio. Volvió a soltar otra palabrota al encontrar el bolso de Lily allí.

–¿Suele salir a comer sin llevarse el bolso? –exclamó mostrándoselo a Ray.

Ray estaba todavía pensando qué decir cuando sonó el móvil de Rafe. Lo sacó del bolsillo, miró la pantalla y se tranquilizó al ver que se trataba de Steve.

–Te llegó mi mensaje –dijo sin darle tiempo al otro hombre a decir nada–. Bien. Tenemos un problema. Estoy en Cartagena Charters, ¿y tú?

–De camino a la ciudad –respondió Steve con pesar. Hizo una breve pausa y luego añadió–. Sarah tiene a Lily. La obligó a llamar a la casa para hablar con usted, pero no estaba. Por suerte fui yo quien respondió la llamada. Al parecer Sarah sabe lo que pasa entre ustedes y no está contenta.

Lily sabía que la llamada que había hecho a Punta Orquídea había enfadado a la mujer. Se puso furiosa al saber que Rafe no estaba allí. Lily intentó decirle que eso no significaba nada, que ella no significaba nada para Rafe, pero estaba claro que la mujer no la creía.

No le había dicho todavía quién era, aunque Lily se lo había imaginado. La forma en que hablaba de Rafe y la furia que había mostrado al ver que no estaba allí para contestarle la llamada revelaron su identidad.

Además, todavía llevaba la alianza de boda y un rubí gigantesco en el dedo corazón. ¿Quién podía ser si no la exmujer de Rafe?

Pero, ¿qué creía que iba a conseguir secuestrándola?, se preguntó Lily incómoda. ¿No sabía aquella mujer que Rafe había ido a buscarla unos días atrás? No podía ser porque creyera que Rafe sentía algo por ella. Eso era absurdo. Rafe había dejado muy clara la situación manteniéndose alejado de ella.

Pero tal vez su exmujer no lo supiera. Y seguramente no la creería aunque Lily tratara de explicárselo.

Desde que Lily colgó el teléfono, la otra mujer no hacía más que dar vueltas por la cabina con paso inquieto. Lily se estaba poniendo cada vez más nerviosa.

–No podemos perder más tiempo.

A Lily se le secó la boca. ¿Y ahora qué iba a pasar? Tras haberla forzado a hacer aquella llamada, le quedaban pocas dudas sobre el equilibrio mental de la otra mujer.

Le había pedido que le dijera a Rafe, y si no estaba, a quien respondiera el teléfono, que tenía a su novia. Que más le valía ir al puerto lo antes posible o no se responsabilizaba de las consecuencias.

Al ver a la mujer dando vueltas por la cabina, Lily trató de calcular cuánto tiempo tendría si intentaba escapar. Podría intentarlo cuando la otra mujer estuviera lo más lejos posible de la escalerilla. Tendría unos cinco segundos para llegar a las escaleras. ¿Sería suficiente?

¿Y qué tenía que perder?

–Bien, vamos a volver a la cubierta –dijo de pronto la mujer.

Y Lily parpadeó sorprendida.

Así que habían pasado al plan «B». Se preguntó si a ella le convendría. En cubierta podría llamar la atención de alguien. ¿O la mujer habría decidido que no podía esperar más para llevar a cabo el plan de venganza que tuviera?

Lily se levantó de la banqueta con piernas temblorosas. Ahora dudaba de ser capaz de subir corriendo las escaleras aunque tuviera la oportunidad de hacerlo. Eran empinadas y seguramente resbaladizas, y le sudaban las manos. Seguramente se habría resbalado y se habría roto el cuello.

Y le habría ahorrado a Sally el trabajo.

Luego se le ocurrió otra cosa: Si la mujer estaba detrás de ella, podría darle una patada y que tal vez el impacto la tirara al interior de la cabina. Solo necesitaba tener un poco de suerte. Y luego podría salir corriendo rápidamente hacia el muelle.

Pero al parecer a Sally también se le había pasado por la cabeza.

–No pienses cosas raras –le dijo agarrando a Sally por el brazo y retorciéndoselo en la espalda–. Si haces un movimiento en falso te lo rompo.

Lily la creía. Se agarró al barandal con dedos sudorosos.

–¿Y qué más me daría? –inquirió, negándose a que la otra mujer viera su pánico–. No tengo nada que perder.

–Bien visto –Sally se rio con amargura–. No eres tan estúpida como pareces. Y eso es una novedad. Normalmente Rafe escoge mujeres con poca cabeza.

Lily sintió un nudo en el estómago. A pesar de las dudas que tenía antes respecto a él, los hechos posteriores habían demostrado que Rafe no era un mujeriego. Aunque le daba la impresión de que eso no importaba mucho ahora.

Hacía algo más de fresco en cubierta, y aunque Lily miró desesperadamente a su alrededor, no había nadie a la vista. «Dios mío», pensó. ¿Dónde estaba Ray Myers cuando le necesitaba? Eran más de las dos. La hora de comer había pasado. Normalmente su jefe estaría ya buscándola.

–Aquí –Sally señaló el timón–. Tú sabes cómo arrancar los motores, ¿verdad?

Lily se la quedó mirando en silencio. Su idea de lo que iba a suceder a continuación necesitaba revisión. ¿Qué diablos estaba planeando Sally? ¿Por qué diablos quería arrancar los motores?

–Sabes cómo arrancar este maldito trasto, ¿verdad?

Sally estaba impacientándose, y Lily trató de pensar en qué hacer. Sí, conocía los principios básicos sobre cómo encender motores. Pero, ¿sería suficiente? Y estaban en el Santa Lucia, se recordó. Los motores eran antiguos y necesitaban reparación urgente. Según el ingeniero, era un milagro que el grupo que había alquilado la embarcación hubiera podido regresar a Cayo Orquídea de una pieza. Cuando hay petróleo de por medio siempre se corre peligro de incendio.

Pensó en contárselo a Sally, pero abandonó la idea al instante. No la creería. Había demasiada amargura en su rostro, y Lily deseó de pronto que los motores arrancaran. Sin duda Sally la dejaría marchar cuando salieran del puerto, ¿verdad?

O no.

Pero no quería pensar a tan largo plazo.

Confiando contra todo pronóstico que alguien las viera, Lily se dirigió hacia la consola de mandos. Le dolía el brazo que Sally le estaba retorciendo, pero un brazo roto le parecía ahora el menor de los problemas.

Las llaves estaban puestas. Nadie en su sano juicio intentaría robar el Santa Lucia, pensó resignada. Todo el mundo en el puerto sabía que el barco no podía navegar.

Lily miró de reojo a la otra mujer, que estaba a su lado, y usó la mano libre para darle la vuelta a la llave y apretar el botón de arranque.

Al principio no pasó nada. Parecía como si un silencio de mal augurio hubiera caído sobre el puerto.

Pero cuando volvió a apretar se escuchó un murmullo bajo el puente inferior. Como el motor de un coche que tuviera el carburador atascado, los motores giraron. Pero no arrancaron. Por mucho que lo intentó, el resultado era siempre el mismo.

Consciente de que tenía a Sally pegada, Lily se esforzó todavía más. Pero ahora se escuchaba un sonido más débil.

—¿Por qué no arranca?

Enfadada, Sally obligó a Lily a apartarse y se acercó al motor. Apretó el botón ella misma una y otra vez. Pero la única reacción que obtuvo fue gemido de protesta de la maquinaria.

—¿Qué diablos ocurre? —inquirió Sally—. ¿No tiene combustible?

Lily trató de seguirle la corriente.

—Tal vez —dijo mirando a su alrededor—. Podría ir a mirar a ver si hay algún bidón de...

Se detuvo en seco. Aunque sabía que seguramente fueran imaginaciones suyas, podría haber jurado que vio a alguien en la cubierta del barco que estaba amarrado al lado del Santa Lucia.

Una sombra se había movido para ocultarse detrás del timón. Dios mío, se parecía mucho a Rafe. Lo que demostraba lo desesperada que estaba.

—¿Un bidón de qué?

Sally estaba esperando su respuesta, y Lily hizo un esfuerzo por recordar lo que acababa de decir.

—Un... un bidón de gasolina —tartamudeó haciendo un esfuerzo para no mirar hacia la otra embarcación—. Podría haber alguno guardado en la bodega.

—Sí, claro —Sally le retorció más el brazo en la espalda hasta que Lily tuvo que morderse la lengua para no gritar de dolor—. ¿De verdad crees que voy a dejar que andes por ahí campando a tus anchas? –soltó una palabrota–. ¿Cómo diablos voy a sacar este trozo de chatarra del puerto? Diablos, tiene que funcionar. Ha llegado hasta aquí, ¿no?

Sally se distrajo un momento con la necesidad de arrancar los motores, y Lily trató de liberarse un poco de la presión del brazo. Pero Sally no la soltó y el dolor se volvió insoportable.

–Estás perdiendo el tiempo –le dijo con desprecio–. Olvídalo, niña. No vas a irte. Si Rafe no viene tendrás que asumir tú las consecuencias.

Sally volvió a apretar el botón, y Lily aprovechó para mirar otra vez hacia el otro barco.

Con una mezcla de alivio y angustia, vio a Rafe agachado entre la cabina y el barandal. No se había equivocado. Estaba solo a unos cuantos metros más allá.

Rafe también la vio, pero sacudió la cabeza para advertirle de que no reaccionara. Aunque Lily no necesitaba advertencias. No tenía intención de llevar la atención de la otra mujer hacia él.

Sin embargo, al adivinar que iba a intentar abordar el Santa Lucia, Lily sintió cómo se le aceleraba el corazón. ¿Acaso no sabía lo impredecible, por no decir peligrosa, que era su exmujer? Y, si pensaba que Rafe había ido al rescate de Lily, solo Dios sabía lo terrible que podría ser su venganza.

–¿Y no podría ser la llave? –dijo ahora precipitadamente para intentar distraer la atención de la otra mujer.

Sally la miró con desprecio.

–¡No seas idiota! –exclamó–. Los motores no habrían girado si ese fuera el caso –le dio una patada al cuadro de mandos–. ¡Maldita sea, tiene que arrancar!

Pero aunque volvió a intentarlo, no sucedió nada. En

un repentino ataque de furia, Sally golpeó la consola con el puño, provocando que el barco se moviera.

Y en ese momento cayó al suelo un destornillador que estaba encima de la consola.

Era un destornillador largo y pesado, y Lily supuso que lo habría usado alguno de los ingenieros para revisar los motores averiados. Si pudiera agarrarlo...

Contuvo el aliento. Sally no pareció haberse dado cuenta de lo sucedido. Estaba demasiado ocupada tratando de apretar el botón de encendido una y otra vez. Lily no sabía qué esperaba conseguir. Estaba claro que los motores no iban a encenderse.

Lily apretó los dientes. Si pudiera soltarse sería capaz de usar el destornillador para defenderse. A ella y a Rafe, pensó decidida. No creía que él hubiera llevado un arma.

No tenía ni la menor idea de dónde estaba en aquel momento. No se había atrevido a mirar hacia la otra embarcación para no descubrirse. Si Sally imaginaba que su exmarido estaba cerca, solo Dios sabía cómo podía reaccionar.

Entonces se escuchó un sonido parecido al de un tren acercándose. El barco se agitó salvajemente debajo de ella y Sally se vio obligada a soltar a Lily para agarrarse ella. A pesar del dolor del brazo, Lily se lanzó salvajemente hacia el destornillador, que había rodado uno poco.

Estuvo a punto de perder el equilibrio, y se preguntó si Rafe sería el responsable de lo que estaba ocurriendo. Pero luego hubo otra fuerte explosión y Lily cayó al suelo con fuerza soltando un gemido cuando el brazo herido chocó contra el suelo. El destornillador salió volando.

Fue rodando hasta el barandal y trató de separarse lo

más posible de su secuestradora, pero el dolor del brazo le provocaban mareos. ¿Dónde estaba Rafe?, se preguntó algo ida. ¿Dónde estaba Sally? Entonces algo sólido le golpeó en la nuca y ya no supo nada más...

Capítulo 16

LA DESPERTÓ un hombre de bata blanca que estaba inclinado sobre ella dirigiéndole una linterna a las doloridas pupilas. Era una luz muy blanca, como también lo era la habitación en la que estaba tumbada. Estaba en un extraño mundo blanco y se escuchó a sí misma gemir en protesta.

Entonces sucedieron dos cosas a la vez. El hombre sonrió con gesto de satisfacción y Rafe apareció al lado de su hombro, casi apartándole para estar más cerca de ella.

—Cariño —dijo levantándole la mano adormecida de la colcha para llevársela a los labios—. Dios mío, qué preocupados estábamos por ti.

—Señor Oliveira —dijo el otro hombre, que al parecer era médico—, entiendo su preocupación dadas las circunstancias, pero debe permitirme que termine de examinar a la señorita Fielding.

Rafe le soltó la mano a regañadientes y se apartó de la cama. Al mismo tiempo, el padre de Lily apareció en su campo de visión. Su rostro reflejaba la misma preocupación que Rafe.

Lily trató de sonreírle, quería demostrarle que no había motivos para preocuparse. Pero cuando el médico le examinó la cabeza y le deslizó los dedos por el cuero cabelludo, le tocó un punto sensible en el cráneo y Lily estuvo a punto de chillar de dolor.

–Ah –dijo el médico–. Ahí le duele, ¿verdad? No me extraña. Algo le golpeó la cabeza con gran contundencia.

Lily dejó escapar un suspiro tembloroso. Hasta aquel momento, la razón por la que se encontraba en lo que al parecer era una cama de hospital era algo vago y remoto.

Pero las palabras del médico habían apartado el velo.

–Yo... Rafe... –comenzó a decir mirándolo.

Él se volvió a colocar al instante a su lado.

–Tú descansa, cariño –dijo–. Deja que el doctor termine de examinarte. Hablaremos, te lo prometo. Cuando te sientas mejor.

–Pero Rafe... tu mujer...

–Lily, Sarah resultó gravemente herida en el accidente –murmuró–. Ya te lo contaré luego.

Lily se lo quedó mirando fijamente.

–¿Qué ha pasado? –le preguntó angustiada–. ¿Tú también estás herido?

–Luego –intervino el médico–. Ha tenido usted mucha suerte. Ese golpe podría haberla matado, pero solo tiene una pequeña conmoción. Unos cuantos días de recuperación y estará como nueva.

–¡Gracias a Dios! –su padre habló por primera vez y se puso al lado de la cama, mirándola con ansiedad–. Cuando el señor Oliveira me contó lo que había pasado me quedé destrozado. Podrían haberte matado.

Lily consiguió esbozar una débil sonrisa.

–Bueno, sigo aquí –dijo con tono ronco permitiéndole que le tomara la mano–. Y estoy bien. Solo me duele un poco la cabeza, nada más.

–Puedo darle algo para eso –aseguró el médico–. Esta noche se quedará ingresada para asegurarnos de que no haya ninguna complicación. Mañana puede volver a casa.

El médico sonrió a Lily antes de girarse hacia su padre.

–Los pacientes se recuperan mucho más deprisa en casa, señor Fielding.

–Reverendo Fielding –contestó William Fielding con su pedantería habitual–. Y no estoy seguro de que enviar a Lily a casa sea una buena idea. Yo soy un hombre muy ocupado, doctor. ¿Quién va a cuidar de ella? Quiero mucho a mi hija, pero no soy buen enfermero.

–Papá... –Lily trató de hablar, pero Rafe se lo impidió.

–No se preocupe, reverendo –dijo posando la mirada sobre el pálido rostro de Lily–. Con su permiso, lo arreglaré todo para que Lily se instale en Punta Orquídea durante su periodo de convalecencia. Contrataré a una enfermera y le aseguro que recibirá los mejores cuidados.

William Fielding se había quedado sin duda asombrado, y Lily esperaba que dijera que no era en absoluto necesario, que Dee-Dee y él se las apañarían.

Pero no dijo nada de eso. Cuando abrió la boca fue para agradecerle a Rafe la oferta.

–Eso será lo mejor –dijo con evidente alivio–. Seguro que Lily está igual de agradecida que yo por su amabilidad.

–¡Papá!

Lily se quedó mirando a su padre sin dar crédito. Estaba convencida de que Rafe solo quería mostrarse educado, que se sentía en cierto modo responsable por lo ocurrido. Pero no quería que se sintiera obligado.

–Papá, no puedes... –empezó a decir incorporándose.

Pero se dejó caer otra vez sobre la almohada con un gemido de dolor. Rafe se inclinó y le tocó la cara con la mano.

–Déjame cuidar de ti, cariño –dijo con voz ronca y tono posesivo–. Necesito... necesito cuidar de ti. Por favor, Lily. Estoy viviendo en tormento. Estos últimos días han sido los peores de mi vida. No quiero volver a perderte de vista jamás.

Lily no supo hasta dos días después lo que había pasado después de perder la conciencia en el Santa Lucia.

Con el visto bueno de William Fielding, Rafe se encargó de que una ambulancia la transportara a su casa de Punta Orquídea al día siguiente desde el hospital.

Una vez allí, la enfermera que la había acompañado desde el hospital supervisó cómo la acomodaban en una de las suites de invitados. Luego la puso a descansar entre frescas sábanas de lino en una habitación en penumbra.

Rafe se mantuvo alejado, y Lily no pudo evitar preguntarse si estaría arrepentido de su generosidad. Pero el corto trayecto desde la ciudad la había dejado exhausta, y se encontraba demasiado débil para preocuparse de eso ahora.

Cuando la enfermera se marchó tras bajar las persianas, Lily cerró los ojos y se quedó dormida al instante.

No fue consciente de ello, pero durmió más de dieciséis horas.

Rafe estaba preocupado e iba constantemente a comprobar cómo estaba, pero la enfermera, una joven indiana, le aseguró que estaba completamente fuera de peligro y que ella la vigilaba. Si algo no iba bien, le avisaría al instante.

Lily se despertó temprano a la mañana siguiente. La habitación estaba en sombras porque las persianas seguían bajadas, pero unos rayos de sol formaban un dibujo en el techo.

Primero pensó que estaba sola, pero entonces vio a Rafe despatarrado en un sillón al lado de la ventana. Parecía dormido. Tenía la cabeza reclinada hacia atrás y las manos le colgaban de los reposabrazos.

Lily se preguntó cuánto tiempo llevaría allí. Bastante, se dijo a juzgar por la incipiente barba que le asomaba en la mandíbula. Se movió en las almohadas con miedo a volver a sentir el dolor que había sufrido en los días recientes. Pero se encontraba mucho mejor, solo notó una pequeña incomodidad.

Debió hacer ruido, porque Rafe se movió al instante. Se incorporó sin haberse despertado del todo y cruzó la habitación tambaleándose un poco.

–Estás despierta –dijo escudriñándola con la mirada–. ¿Sabes que llevas muchas horas durmiendo?

–¿Sí? –Lily estaba sorprendida–. Debía estar cansada.

–Sí, cansada –Rafe se pasó la mano por los ojos y luego miró el reloj–. ¿Cómo te encuentras?

Lily parpadeó.

–Mucho mejor –dijo, consciente de que el dolor de cabeza había prácticamente desaparecido–. ¿Qué hora es? Parece que fuera hay mucha luz.

–Poco más de las siete de la mañana. Una mañana preciosa ahora que tú estás despierta –añadió Rafe–. ¿Qué tal la cabeza?

–Mejor –Lily se movió contra las almohadas para demostrar que podía hacerlo–. El dolor ha desaparecido prácticamente.

–Gracias a Dios –Rafe estaba encantado–. Tu padre se va a poner muy contento. Le he mantenido al tanto de tus progresos. Ha estado muy preocupado por ti.

Lily se guardó su opinión al respecto. No debía olvidar que su padre era el responsable de que ella estuviera ahora allí.

–Debes tener hambre –dijo Rafe–. Le diré a Carla que...

Lily se volvió a apoyar contra las almohadas.

–¿Podría beber un poco de agua? No tengo hambre, pero siento la boca seca.

–Por supuesto –Rafe se giró hacia la mesita que había al lado de la cama. Luego chasqueó la lengua–. Está caliente. Le pediré a Carla que traiga agua fresca.

–No me importa que esté caliente –aseguró Lily–. De verdad.

Rafe torció la boca.

–¿Estás segura?

–Sí –Lily observó cómo servía agua de la jarra en un vaso, consciente de que la expectación que estaba sintiendo no se debía solo a que tuviera sed. No podía evitar ser consciente de que estaban completamente solos en el dormitorio.

Y eso le evocaba recuerdos muy vívidos.

Esa conciencia se vio aumentada cuando Rafe se inclinó para rodearla con el brazo.

–Despacio –le dijo él llevándole el vaso a los labios. Murmuró algo entre dientes y Lily pudo sentir la tensión que emanaba de él–. Dios, no sé qué habría hecho si te hubiera perdido, cariño.

A Lily le resultaba difícil beber sabiendo que Rafe la estaba observando tan de cerca. Era demasiado consciente de su proximidad, y por mucho que agradeciera el agua, no podía ignorar la intensidad de su mirada.

¿Qué significaba eso? ¿Qué había querido decir Rafe? Lily no podía olvidar lo que sintió cuando pensó que no iba a volver a verle nunca más. Lo amaba, pensó sin dar crédito. Pero, ¿qué sentía Rafe por ella?

—Gracias —consiguió decir finalmente.

Y Rafe volvió a dejar el vaso en la mesilla de noche.

Y aunque no tenía ninguna razón para dejar el brazo alrededor de sus hombros, no lo movió. Lo que hizo fue apoyar la cadera en la cama a su lado mientras le apartaba el pelo de la frente con la mano libre.

—¿Te importa si me quedo contigo un rato? —le preguntó.

Y Lily se dio cuenta de que le temblaba la mano.

—Yo... no —respondió ella con un leve jadeo. Y se apartó un poco para dejarle más sitio en el colchón.

—Pero no quieres que te toque, ¿verdad? —murmuró Rafe malinterpretando el gesto—. Bueno —se levantó de la cama—. No te culpo. Si no fuera por mí no estarías en esta situación. No habrías pasado por el tormento al que te sometió mi exmujer.

—Oh, Rafe —olvidando por completo que no debía hacerlo, Lily se incorporó de golpe y lo agarró de la mano antes de que pudiera alejarse—. Por supuesto que quiero que me toques —sacudió la cabeza con impaciencia—. No te culpo por nada de esto. No es culpa tuya que Sally...

—Sarah —la corrigió él—. ¿Que se volviera completamente loca? Tal vez sí. Tal vez no tendría que haberme casado con ella nunca —hizo una pausa—. Pero lo hice, y tendría que haberme dado cuenta entonces de que no estaba completamente en sus cabales.

Lily alzó la vista y le observó con gesto de impotencia. Se dio cuenta de que solo llevaba puesta una camiseta que debía ser de Rafe y se subió las sábanas hasta la barbilla.

–Tú no has hecho nada malo –insistió–. No fue culpa tuya que tu matrimonio no funcionara.

–Eres muy amable –murmuró él. Verla con aquella camiseta ancha le resultaba de lo más erótico. Los pliegues solo insinuaban la forma de mujer que había bajo la tela, pero él recordaba muy bien su belleza.

–Cuéntame qué pasa con Sarah –le pidió Lily–. ¿Dónde está? ¿La han arrestado?

Rafe dejó escapar un largo suspiro.

–Sarah está muerta, Lily. Murió en la explosión del puerto. Ha sido una tragedia espantosa, pero mi único consuelo es que probablemente ella no se haya enterado.

–¡Oh, Dios mío! –Lily se llevó la mano al pecho horrorizada–. ¿Quieres decir que el Santa Lucia explotó? –sacudió la cabeza–. Pero, ¿cómo es posible?

–Los motores estallaron –le explicó Rafe con dulzura encogiéndose de hombros–. Hay una investigación en curso, pero parece que uno de los motores se incendió y probablemente esa fue la causa de la explosión.

Lily no podía creer lo que estaba escuchando.

–¿Y cómo es que yo...?

–Afortunadamente tú no estabas cerca de Sarah cuando tuvo lugar la explosión. Creo que perdiste el equilibrio y rodaste por la cubierta.

Lily se estremeció. Y recordó el destornillador. Tal vez intentar agarrarlo le había salvado la vida.

–Un trozo de madera te golpeó la cabeza –continuó Rafe–. Y como estabas cerca de la borda, caíste al agua.

Capítulo 17

CAÍ al agua? –Lily no se lo podía creer.

–Sí. Y yo temí que te ahogaras antes de que pudiera alcanzarte –le confesó Rafe–. El agua estaba muy fría.

Lily se lo quedó mirando fijamente.

–¿Tú me sacaste del agua? –recordaba vagamente haber caído sobre la cubierta, pero nada más.

–No sé cómo, pero conseguí sacaros a las dos –asintió Rafe–. Por desgracia, no pudo hacer nada por Sarah. Estaba justo encima de los motores cuando tuvo lugar la explosión. La cubierta se partió en dos y no tuvo ninguna oportunidad.

–Oh, Rafe. Cuánto lo siento.

–Fue un accidente, cariño. Un terrible accidente –Rafe hizo una pausa–. Pero, ¿Podrás perdonarme por no haberme dado cuenta de que corrías peligro?

–No debes culparte.

–Pero lo hago –Rafe suspiró–. Steve me había advertido de que Sarah estaba en la isla y que podía intentar algo. En el pasado ya me había amenazado.

–Oh, Rafe.

Lily empezaba a entender por qué se había enfadado tanto cuando le acusó de ir a encontrarse con su exmujer. Y no le había dado la oportunidad de explicarse.

–Intenté escapar de ella –dijo entonces con tristeza–.

Pero me dijo que era experta en artes marciales, y yo sabía que no podía competir con eso.

–No era experta en nada –afirmó Rafe con rotundidad–. Pero tú no podías saberlo.

–También me contó que había enviado a alguien a vigilarme. ¿Crees que me vio salir de tu casa?

–Seguramente el detective te vio –reconoció él–. Tenía que haberte protegido y no supe hacerlo.

Lily se encogió de hombros.

–Bueno, todo ha terminado ya. Aunque siento lo de Sarah, no se merecía morir.

Rafe estuvo de acuerdo. Y luego añadió:

–Ni tú tampoco, cariño. Si te hubiera pasado algo, nunca me lo habría perdonado.

Lily vaciló y luego dijo con dulzura:

–Pensé que no querías volver a verme nunca más.

–¿Qué? –Rafe parecía asombrado–. ¿Cómo puedes pensar eso? Yo creía que eras tú quien no deseaba verme. No tienes ni idea de cómo me sentí cuando te vi en ese barco, cuando me di cuenta de que Sarah te estaba haciendo daño. Al darme cuenta de que estaba completamente fuera de sí, casi me vuelvo loco.

–Yo tenía mucho miedo de que ella te viera –confesó Lily con voz trémula–. Sabía que a mí me odiaba, pero creo que a ti te odiaba más.

Rafe apretó los labios.

–¿Tenías miedo por mí? –se aventuró a preguntar–. Está bien saberlo.

–Por supuesto –protestó Lily–. Estaba intentando agarrar algo para defendernos a los dos cuando se escuchó aquel sonido aterrador y fue como si el barco se levantara sobre las aguas.

–¿Estabas buscando un arma? –Rafe trató de distraerla con un comentario jocoso–. No sabía que fuera usted tan ingeniosa, señorita Fielding.

–Solo era un destornillador –reconoció Lily–. Estaba intentando agarrarlo cuando rodé hacia la borda.

–Qué valiente –Rafe ya no se burlaba. Vaciló un instante antes de volver a hablar–. Entonces, ¿me atrevo a pensar que te importo algo después de todo?

–Claro que me importas –Lily se sonrojó un poco–. Pero, ¿sabes qué? A diferencia de ti, yo soy un libro abierto.

–¿Eso crees? –a Rafe se le oscureció la mirada–. No quisiste escuchar mi explicación cuando fui a buscarte a la vicaría aquella noche.

–Supongo que sospechaba de ti –Lily suspiró–. Lo siento. Pero me sigue costando trabajo creer que un hombre como tú pueda estar interesado en alguien tan insignificante como yo.

–Oh, Lily –Rafe le deslizó una mano por debajo de la camiseta. Sus dedos encontraron la piel cálida y el suave montículo de su vientre bajo la tela de algodón. Se detuvo un instante sobre el ombligo y luego subió hacia un seno–. No tienes ni idea de lo que provocas en mí.

Se detuvo entonces, retiró la mano y siguió hablando.

–Sabes que soy demasiado mayor para ti, ¿verdad? Voy a cumplir cuarenta años. Y en cambio tú...

–Yo tengo veinticuatro –intervino Lily capturándole la mano para volver a ponérsela en el seno–. ¿De verdad te importa?

–Debería importarte a ti –afirmó Rafe–. Y sé que a tu padre le importará si le hablo de mis intenciones.

–No me importa lo que piense mi padre –aseguró Lily con firmeza–. Bueno, sí me importa, pero no me hará cambiar de opinión, si eso es lo que te preocupa.

–Ay, niña –Rafe sacudió la cabeza con gesto expresivo–. Te has convertido en alguien muy importante para mí. ¿Cómo voy a dejar que te vayas?

–Espero que no lo hagas –le pidió ella con ansia.

Y Rafe se rio.

–Y pensar que podría haber estado fuera del país cuando todo esto sucedió...

–¿Fuera del país? –Lily se lo quedó mirando fijamente–. ¿Tenías pensado marcharte de Cayo Orquídea para siempre?

–No –Rafe sacudió la cabeza–. Solo era un viaje a Miami para ver a mi padre. Se me pasó por la cabeza que tal vez me echarías de menos si me iba.

Lily dejó escapar un suspiro tembloroso.

–Gracias a Dios que no te fuiste –no podía ni imaginar qué habría pasado si Rafe no hubiera estado allí para rescatarla del mar.

–Desde luego –afirmó él–. Y gracias a Dee-Dee. Si ella no se hubiera puesto en contacto conmigo...

–¿Dee-Dee? –Lily frunció el ceño–. ¿Cuándo se puso Dee-Dee en contacto contigo?

–Aproximadamente una hora antes de que te encontrara. Fue ella la que me advirtió de que corrías peligro.

–¿Cómo podía saberlo?

Lily no daba crédito, y Rafe se lo explicó.

–Al parecer tuvo una de sus premoniciones –dijo con una despreocupación que no sentía–. Seguro que tú sabes más de eso que yo.

–Sí.

Lily tragó saliva. Le costaba trabajo creer lo que estaba oyendo. Que Dee-Dee hubiera presentido que ella corría peligro. Tendría que darle las gracias, pensó algo inquieta. Aunque seguramente no le contaría su intento de ponerse en contacto con ella por telepatía.

–Tal vez sea clarividente.

–Seguramente –reconoció Rafe–. Al descubrir lo mucho que significas para mí, no podría haber soportado perderte. Si hubieras muerto habría querido morirme yo también.

Lily lo miró fijamente.

–¿Hablas en serio?

–Sí –afirmó Rafe con voz ronca. Y entonces se dejó llevar por el deseo de hundir el rostro en la suave curva de su cuello–. Te amo, Lily. Sé que es muy pronto y que debería esperar a que estuvieras más fuerte, pero quiero que sepas lo que siento por ti. Quiero que estemos juntos, cariño. Quiero casarme contigo. No quiero arriesgarme jamás a volver a perderte.

Durante un instante se hizo el silencio en la habitación.

Aunque Rafe estaba sucio y desaliñado porque no se había dado una ducha ni se había afeitado desde hacía más de veinticuatro horas, cuando Lily le rodeó el cuello con los brazos no pudo resistirse.

Sus protestas de que pudiera aparecer la enfermera en cualquier momento o de que el padre de Lily decidiera pasarse por Punta Orquídea antes del servicio matinal quedaron fácilmente acalladas por la presión de la boca de Lily. Tenían hambre el uno del otro, y lo único que Rafe podía escuchar era la sangre corriéndole por las venas.

Finalmente, cuando resultó obvio que Lily ya no estaba controlando sus emociones, Rafe hizo un esfuerzo por apartarse.

–Creo que es hora de hacerle saber a la enfermera que te has despertado –dijo tragando saliva convulsivamente–. ¿Vas a estar bien?

–Tendré que estarlo –murmuró Lily a regañadientes.

Pero le brillaban los ojos, y Rafe se inclinó para tomar sus labios una vez más antes de ponerse de pie.

–Volveré en cuanto esté más decente –prometió.

Y Lily se rio.

–Eres muy decente –afirmó luego con seriedad–. Eres un hombre decente y por eso te amo.

–¡Lily!

Rafe tenía la voz ronca, y al darse cuenta de que estaba siendo cruel atormentándole, Lily le deslizó suavemente los dedos por el muslo.

–¿Me das un beso? Por favor –susurró–. Antes de irte. Solo para convencerme de que esto no es un sueño.

A Rafe se le oscureció la mirada, pero antes de que pudiera complacerla se abrió la puerta y entró la enfermera. Pareció sorprendida al verlos juntos. Pero consiguió componer una sonrisa educada.

–Ya veo que la señorita Fielding se ha despertado –hizo una breve pausa–. Pero si no le importa, señor Oliveira, preferiría examinar a la paciente a solas.

Epílogo

RAFE y Lily volaron a Europa tres meses más tarde para celebrar una tardía luna de miel. Llevaban casados seis semanas, pero con el asunto de la explosión y la investigación oficial no habían podido viajar antes.

Los padres de Sarah llegaron para llevarse el cuerpo de su hija y enterrarlo en Nueva York. Su padre, que tenía un pequeño restaurante, estaba destrozado pero tranquilo.

A pesar de su dolor, se encontraba preparado para aceptar que su hija estaba enferma. Admitió que sospechaba que algo no iba bien antes incluso de que se casara con Rafe.

La madre parecía estar más preocupada por qué iba a pasar con el apartamento en el que Sarah vivía. Seguía siendo de Rafe, aunque, tal y como le explicó a Lily, se había mudado de allí mucho tiempo atrás.

—Es vuestro —dijo con su habitual generosidad. La señora Hilton se echó a llorar al escucharlo—. Haced lo que queráis con él. Yo no quiero volver a verlo.

Cuando los Hilton se marcharon tocó el turno de lidiar con Ray. La explosión había provocado un incendio que afectó a otros dos barcos, y por supuesto, no había seguro que cubriera las pérdidas. Se quedó inmensamente aliviado cuando Rafe formalizó la sociedad con la agencia y se hizo cargo de todas las deudas que Ray había adquirido desde el accidente. Pero Rafe le dijo a Lily que su intención era asegurarse de que el negocio se llevara de un modo mucho más profesional a partir de entonces.

–Así que doy por hecho que vamos a vivir en la isla, ¿no? –le había preguntado Lily antes de la boda.

Rafe la miró con curiosidad.

–¿Preferirías vivir en otro sitio? –le preguntó sorprendido–. Bueno, podemos hacerlo. Podemos vivir donde tú quieras... siempre y cuando estemos juntos.

Lily le rodeó entonces con sus brazos.

–Por supuesto que no quiero vivir en ningún otro lado –le aseguró–. Y ni te imaginas lo aliviado que se quedará mi padre con la noticia. Me daba miedo que terminaras aburriéndote de la vida aquí.

Rafe sacudió la cabeza.

–¿Lo dices porque le he devuelto a Grant Mathews su plantación a cambio de una reducida suma? –preguntó torciendo el gesto–. Pensé que el pobre hombre se merecía un respiro. Ya tiene bastante teniendo que lidiar con una hija como Laura –hizo una breve pausa–. Y yo tengo tanto que, ¿por qué iba a robarle un poco de felicidad?

–Eres demasiado generoso –afirmó Lily con entusiasmo. Después del modo en que se había comportado Laura, le resultaba difícil sentir compasión por ninguno de los Mathews–. Pero no me importa. Es otra de las cosas que me encantan de ti.

–¿Y cuáles son las demás? –quiso saber Rafe inclinándose para mordisquearle el lóbulo de la oreja.

–Ya las averiguarás –respondió ella un poco inquieta–. Y ahora compórtate, mi padre va a venir a cenar.

El viaje a Europa fue tan maravilloso como esperaba

Lily. Pasaron una semana en Londres visitando a la hermana de su madre y luego fueron a París y a Roma. En su última noche en Roma cenaron en su trattoria favorita y luego caminaron de regreso al hotel con las murallas iluminadas del foro romano como mágico fondo.

Al día siguiente regresaban a casa, pero Lily estaba contenta. Aunque habían pasado cuatro semanas maravillosas, le apetecía volver a ver caras y lugares conocidos.

Una vez en la suite, Lily fue directa al dormitorio y se quitó el abrigo y la bufanda antes de dejarse caer con indolencia en la cama. Se quitó los zapatos y extendió los brazos y las piernas en total abandono. Se sentía algo achispada por el delicioso vino italiano que habían tomado. Rafe apareció entonces en la puerta y Lily le hizo un gesto para que se uniera a ella.

Rafe dejó el abrigo de cachemira y la chaqueta de cuero en la otomana de madera que había a los pies de la cama y se acercó a mirar a Lily. Iba vestido con una camisa de seda color crema y se quitó la corbata.

—Estás muy sexy —dijo arrodillándose en la cama a su lado y colocando una mano a cada lado de su cabeza.

—Es para seducirte a ti —susurró ella deslizándole los dedos por la línea de la barba.

Rafe contuvo el aliento.

—Te deseo mucho —murmuró inclinando la cabeza para lamerle el canalillo—. Y cada vez que hago el amor contigo, más.

Lily se estremeció de placer. La erótica exploración de su lengua acentuó el deseo que llevaba toda la noche creciendo dentro de ella, y le pasó un brazo por el cuello con gesto lánguido.

–Ven aquí –le pidió.

Y Rafe le cubrió la mandíbula de besos sensuales mientras ella abría los labios.

Pero no apoyó la parte inferior de su cuerpo en el suyo aunque Lily se moría de ganas de que lo hiciera. Echó la cabeza hacia atrás y le bajó por los hombros los tirantes del vestido de seda verde y dorado.

Sus senos redondos quedaron expuestos al instante y Rafe gimió de satisfacción.

–Eres preciosa –murmuró. Deslizó los dedos por el círculo de su pezón y sonrió cuando Lily se arqueó hacia él–. No seas impaciente. Quiero saborearte primero.

El vestido y las braguitas de encaje que llevaba debajo quedaron descartados al instante. Cuando Rafe se quitó la camisa y los pantalones, Lily ya se estaba revolviendo inquieta contra la colcha escarlata.

Pero Rafe no tenía ninguna prisa en satisfacer su deseo. Se tomó su tiempo para cubrirla de besos desde las plantas de los pies hasta la curva interior del muslo antes de llegar al lugar más húmedo que tenía entre las piernas, donde prolongó su propia provocación.

Le abrió todavía más las piernas y la exploró con la lengua. Lily sintió cómo el calor de su orgasmo invadía la boca abierta de Rafe. Y luego, cuando se quedó débil y jadeante, Rafe se colocó encima de ella.

Le succionó primero un pezón y luego otro, utilizando los dientes y la lengua para conducirla al borde de otro clímax.

Pero esta vez no le dejó a él marcar el paso. Con inconsciente sensualidad, le rodeó la cintura con las piernas y la atrajo hacia el calor de su erección, hacia los húmedos rizos de su montículo.

–Por favor –le imploró extendiendo las manos para tocarlo.

Rafe contuvo el aliento.

–De acuerdo –murmuró apartándose un poco–. Tú ganas, cariño.

Y entonces, con la familiaridad que les proporcionaba las experiencias compartidas, Lily lo guio hacia su ardiente entrada.

Hicieron el amor de forma tan increíble como siempre. Rafe estaba convencido de que nunca se cansaría de hundirse en su dulzura, de no saber dónde empezaba un cuerpo y dónde empezaba el otro.

Estaba tan encantado con su mujer y la amaba tanto que no creía posible llegar a quererla todavía más.

Llegaron a Punta Orquídea a primera hora de la mañana.

A pesar de la generosidad que había mostrado hacia los Mathews, Rafe se quedó con la casa que tanto Lily como él consideraban su hogar. Punta Orquídea ocupaba un lugar especial en sus corazones.

A pesar de lo tarde que era, tanto Carla como Steve estaban allí para recibirlos, y Lily pensó que era maravilloso volver a estar en su cama. A la mañana siguiente fueron a visitar a su padre. Tal y como Lily había anticipado, el reverendo Fielding se mostró encantado de saber que iban a quedarse en la isla, y los recibió con más entusiasmo de lo que era habitual en él.

Mientras Rafe se tomaba algo con su padre, Lily fue a buscar a Dee-Dee. La indiana y ella no habían hablado mucho sobre el accidente del puerto. Antes del viaje, el tema resultaba todavía demasiado doloroso. Pero ahora Dee-Dee estaba deseando volver a ver a la joven que era como una hija para ella.

–Tienes buen aspecto, niña –exclamó abrazándola

con cariño–. Pero eso es lo que pasa a veces en estos casos.

–¿Qué casos? –preguntó Lily con curiosidad–. Si te refieres al matrimonio, estoy de acuerdo en que me sienta bien.

–El matrimonio y lo demás –contestó Dee-Dee con expresión burlona–. ¿Cuándo tienes pensado decírselo a tu padre?

–¿Decirle qué? Rafe está ahora con él, contándole los sitios que hemos visitado –Lily sonrió–. Es increíble lo rápido que ha aceptado papá a Rafe como yerno.

Dee-Dee se la quedó mirando fijamente.

–¿Me estás diciendo que no sabes de qué te hablo, niña? Después del mensaje que conseguiste enviarme sobre esa mujer loca en el puerto, estaba convencida de que sabrías perfectamente a qué me refiero.

–No –Lily estaba desconcertada–. ¿Te refieres a que te comuniqué mis miedos? –preguntó luego vacilante.

–¿De qué otro modo podría haber sabido yo que corrías peligro? –respondió la indiana restándole importancia–. Tuve una de mis famosas premoniciones. En cualquier caso, el señor Oliveira no necesitó un segundo aviso.

–Gracias a Dios –murmuró Lily agradecida–. Entonces, ¿estás diciendo que debería contarle a papá lo que pasó?

–¡No! –afirmó Dee-Dee con rotundidad.

–¿Entonces?

Dee-Dee sacudió la cabeza. Luego se acercó a Lily y le pasó una mano por el vientre.

–Supongo que todavía no te ha afectado.

Lily se la quedó mirando un largo instante antes de caer en la cuenta. Cuando Dee-Dee apartó la mano, la puso ella en su lugar.

–¿Estoy embarazada? –preguntó maravillada. Y luego contuvo el aliento cuando Rafe entró en la cocina.

–¿Me he perdido algo? –Rafe se fijó en el rostro satisfecho de Dee-Dee y en el repentino sonrojo de su mujer.

Lily sacudió la cabeza.

–No –aseguró tomándole del brazo–. ¿Has tenido una charla agradable con mi padre?

–Sí –pero Rafe no parecía todavía convencido–. Me ha mandado a preguntar si podemos tomar un café. ¿Qué está pasando? ¿Ocurre algo malo?

–No, a menos que el hecho de convertirte pronto en padre no te apetezca –comentó Lily con ligereza.

Y esperó su respuesta.

Pero la expresión maravillada del rostro de Rafe habló por sí misma.

Bianca

Por fin, él podía exigirle la noche de bodas que tanto tiempo llevaba esperando

El matrimonio de Addie Farrell y el magnate Malachi King había durado exactamente un día, el tiempo que Addie había tardado en descubrir que su amor por ella era un farsa. Cinco años después, cuando los fondos para su centro benéfico infantil estaban a punto de serle retirados, Addie tuvo que volver a enfrentarse a su esposo y a la química, peligrosamente seductora, que había entre ellos. Humillado y frustrado tras la repentina partida de Addie cinco años antes, Malachi aprovechó la ocasión para tomar las riendas de la situación. El trato sería que le daría a Addie el dinero que tan urgentemente necesitaba si ella volvía a su lado.

NOCHE DE BODAS RECLAMADA

LOUISE FULLER

Acepte 2 de nuestras mejores novelas de amor GRATIS

¡Y reciba un regalo sorpresa!

Deseo

Senderos de pasión
Sarah M. Anderson

A Phillip Beaumont le gustaban las bebidas fuertes y las mujeres fáciles. Entonces ¿por qué no dejaba de flirtear con Jo Spears, la domadora de su nuevo caballo? Al principio solo había sido un juego hasta que al asomarse a los ojos color avellana de Jo había deseado más.

Phillip era tan salvaje y cabezota como Sun, el semental al que Jo debía adiestrar. Y Jo, sin pretenderlo, había empezado a pasar día y noche con aquel sexy cowboy. Tal vez, Sun no fuera el único macho del rancho de los Beaumont que mereciera la pena.

¿Cómo resistirse a la sonrisa de aquel cowboy que tanto placer prometía?

¡YA EN TU PUNTO DE VENTA!

Bianca

¿Podía confiar en su nuevo y encantador marido? ¿Y en sus devastadores besos?

Al enterarse de que su difunta tía le había dejado la mitad de su herencia a Rosie Clifton, una huérfana inglesa que trabajaba como ama de llaves en su casa, el aristócrata español Xavier del Río decidió a reclamar lo que le correspondía. Así que, cuando Rosie lo sorprendió con una propuesta de matrimonio, Xavier vio la manera de conseguir todo lo que deseaba... ¡Incluso a Rosie en su cama!

Rosie estaba dispuesta a hacer cualquier cosa para proteger su hogar de Isla del Rey... ¡Incluso a casarse con Xavier! Ella podía darle un heredero a cambio de que él dejara intacta la belleza de la isla.

UNA ISLA PARA AMAR

SUSAN STEPHENS